VERSCHENKTE JAHRE

EINE JUGEND IM NAZI-HASS

Nick W. Greger

EXIT-Deutschland

Ich widme dieses Buch meinen Freunden in der Republik Namibia,
die mich, ohne es zu wissen, zurück ins Leben brachten.

www.exit-deutschland.de
www.zentrum-demokratische-kultur.de

Mit Unterstützung der Amadeu Antonio Stiftung
Initiativen für Zivilgesellschaft und Demokratische Kultur
www.amadeu-antonio-stiftung.de

Gestaltung: Miriam Visaczki
Textredaktion: Ulrike Schuler, Miriam Visaczki, Cordula Mäbert
Herstellung und Verlag: Books on Demand GmbH, Norderstedt

Fotos aus dem Privatbesitz von Nick W. Greger

ISBN 3-8334-3809-6

INHALT

Nick Greger (links) auf einer Farm in der Provinz Westkap in Südafrika

VORWORT

Dieses Buch soll in erster Linie über mein Leben als Neonazi und meine Erlebnisse in dieser Szene berichten. Mein Werdegang in der Neonazi-Szene ist nichts Außergewöhnliches, allerdings entschließen sich die wenigsten Aussteiger, mit ihrem Erlebten an die Öffentlichkeit zu gehen. Ich jedenfalls habe mich entschieden, in diesem Buch mit einigen alten Kameraden, diversen Geistern meiner Vergangenheit sowie auch mit mir selbst abzurechnen und der Öffentlichkeit diese Bilanz zugänglich zu machen.

Die Inspiration dazu gab mir ein schwarzer Freund vom Volk der Hereros, aus Otjiwarongo in Namibia. Ich habe nie mit ihm über mein Leben gesprochen, aber dennoch spürte er instinktiv, dass mein Leben außergewöhnlich verlaufen sein musste und sagte zu mir: „Bevor du zurück nach Deutschland gehst, musst du hier deine Geschichte niederschreiben." Genau das tue ich jetzt.

Da jeder die Welt mit eigenen Augen sieht, kann ich in diesem Buch nicht jedem gerecht werden. Aber das soll auch nicht der Sinn dieses Buches sein. Ich schreibe hier darüber, wie ich bestimmte Ereignisse und Personen erlebt habe und wie meine Eindrücke waren oder sind. So ist das vorliegende Buch kein Belletristikroman, sondern ein Erlebnisbericht. Ich berichte darüber, wie sich ein jugendlicher Rebell im Kreislauf von Kriminalität, Gewalt und Hass verlieren und immer tiefer in eine menschenverachtende Szene hineinrutschen kann, die in ihrer eigenen Welt vor sich hin lebt.

Es gibt die unterschiedlichsten Gründe, warum Neonazis aussteigen. Der eine fürchtet eine lange Haftstrafe, der andere droht es sich mit seiner Familie zu verscherzen und wird vor die Wahl gestellt. Wieder andere fühlen sich einfach nur ausgebrannt und resignieren und manche werden den Ausstieg wohl nie schaffen. Bei mir war nichts von alledem der Fall. Ich habe mein halbes Leben in der Irrwelt der Neonazi-Szene verbracht und mir über Jahre hinweg ein Feindbild aufgebaut, bis völlig unerwartet der Feind zum Freund wurde.

Ich möchte mich an dieser Stelle bei allen bedanken, die mir durch ihr unvoreingenommenes, tolerantes und menschliches Verhalten entgegenkamen und dadurch die Tür zur Einsicht öffneten.

Viele Neonazis, die ich kennen gelernt habe, gerade aus der Zeit Anfang der 90er Jahre, haben der Szene bereits seit langem den Rücken gekehrt und sind mittlerweile glückliche Familienväter. Ich respektiere dies und aus Rücksicht auf diese Familien verzichte ich in diesem Buch darauf, Namen von Personen zu nennen, die heute nicht mehr in der Neonazi-Szene sind.

Nick W. Greger
April 2005

Ich kann mir gut vorstellen, dass vielen Lesern meines Buches nun gleich zu Beginn die brennende Frage auf der Zunge liegt, was in den Köpfen junger Leute vor sich geht, wenn sie ausländerfeindliche Parolen grölen, die dunkelsten Kapitel deutscher Geschichte glorifizieren und sich rechtsradikalen Parteien oder Organisationen anschließen, die eine „neue Ordnung" erzwingen wollen. Wer von uns kennt nicht die martialisch und düster wirkenden Aufmärsche und Demonstrationen der Neonazis, sei es um Rudolf Heß zu gedenken, Ruhm und Ehre der Wehrmacht zu propagieren oder eine angebliche Überfremdung Deutschlands anzuprangern. Oder ganz einfach gefragt: „Wie wird man Neonazi?" Da ich kein Psychoanalytiker bin und sich junge Leute aus zum Teil sehr unterschiedlichen Gründen der Neonazi-Szene anschließen, kann auch ich hier leider keine klare Antwort geben. Es gibt für Neonazis jedenfalls kein Patentrezept, um sich Nachwuchs zu züchten. Ich kann nur meine eigene Geschichte wiedergeben und vielleicht gelingt es mir, deutlich zu machen, was für ein Teufelskreis sich entwickeln kann, wenn man sich – aus welchem Grund auch immer – dieser Szene anschließt.

Geboren wurde ich am 11. September 1977 im bayerischen Marktredwitz. Ich wuchs im acht Kilometer entfernten Wunsiedel auf, das mittlerweile durch die Medienberichte über die dort oft genug zelebrierten „Rudolf-Heß-Gedenkmärsche" wohl weit bekannter als Marktredwitz sein dürfte. Bis zu meinem 15. Lebensjahr verbrachte ich meine Zeit dann auch in Wunsiedel und besuchte die dortige Grund- und Hauptschule. Aus meiner Kindheit gibt es nichts Aufregendes zu berichten. Ich stamme aus einer bürgerlichen Familie der demokratischen Mitte, wie man heute wohl sagen würde. Von meinem dritten bis siebten Lebensjahr ging ich in einen Wunsiedler Kindergarten christlicher Ausrichtung. Eltern und Großeltern kümmerten sich rührend um mich und da ich ein Einzelkind war, stand ich als Jüngster im Mittelpunkt der Familie. Es fehlte mir an nichts und mir wurde so ziemlich jeder Wunsch erfüllt. Auch mein späteres Agieren als Neonazi sollte das Verhältnis zu meiner Familie niemals ernsthaft trüben können. Kurz gesagt, ich hatte nichts zu leiden und gebe heute auch offen zu, dass es mir wohl ein bisschen zu gut ging und ich einfach nur ein verwöhnter Rotzlöffel war.

Ich erinnere mich, dass ich mich am liebsten mit Kriegsspielzeug beschäftigte, also mit kleinen Plastiksoldaten und dergleichem. Woher diese Vorliebe für Kriegsspielzeug kam, weiß ich nicht. Vielleicht hat die eine oder andere Kriegsgeschichte des Großvaters, dem ich immer mit großer Neugierde lauschte, einen Anteil daran gehabt. Dass ein Großvater seinem Enkel aus der eigenen Kindheit erzählt (die sich bei dieser Generation meistens auch in der Zeit des Zweiten Weltkrieges abspielte und in der diverse Kriegserlebnisse nicht ausblieben), kommt wohl in den meisten Familien vor und legt noch lange nicht den Grundstein für rechtsradikales Gedankengut beim geliebten Enkelkind, für das man nur das Beste will. Meine Begeisterung für Armeekleidung und Soldatenspiele sollte jedoch nicht mehr nachlassen.

1984 wurde ich eingeschult und blieb bis zur siebten Klasse ein durchschnittlicher Schüler. Außer dass es sich die Lehrer nicht nehmen ließen, mir schon in so jungen Jahren einen ausgeprägten Gerechtigkeitssinn zu attestieren – was allerdings in krassem Gegensatz zu meinem späteren Leben stehen sollte –, konnte man mich von Anfang an nicht sonderlich für die Schule begeistern. Ich war immer froh, wenn Ferien angesagt waren.

Ich erinnere mich noch, denn es war immer eine willkommene Abwechslung für uns Kinder und Jugendliche im Provinzalltag, dass die amerikanischen Soldaten, die auch heute noch im bayerischen Grafenwöhr stationiert sind, ein- bis zweimal jährlich ihre Manöver im Wunsiedler Umland abhielten. Zu diesem Zweck schlugen sie ihre Armeelager auch immer ein paar Tage in den Feldern und Wäldern vor Wunsiedel auf. Nicht selten rollten ihre Panzer auf den kleinen Dorfverbindungsstraßen. Das löste bei den Älteren immer Entrüstung aus, vor allem, weil die kleinen Straßen durch die schweren Panzer mit ihren Ketten teilweise umgepflügt wurden. Wir junge Burschen beobachteten das jedoch stets mit Begeisterung und es war für uns auch kein Problem, die amerikanischen Soldaten in ihren Camps zu besuchen. Die Soldaten waren immer freundlich, winkten meist schon von weitem und von unserem Taschengeld konnten wir auch immer eine US-Armeejacke oder eine Mütze ergattern.

So verlief meine Kindheit recht sorglos und behütet, bis sich im siebten Schuljahr langsam, aber sicher die Anzeichen der Pubertät bei mir einschlichen und mehr und mehr Auflehnung in mir hervorriefen – gegen die Schulordnung, die Lehrer, meinen Vater und einfach jede Autorität, die versuchte, mein Leben in einer Bahn zu halten. Waren es die Hausaufgaben der Lehrer, die mir die Nachmittage bei schönem Wetter verdarben, oder der Vater, der sagte: „Um 20 Uhr hast du zu Hause zu sein." Ich verspürte den Drang, aus den Grenzen, die mir gesetzt wurden, auszubrechen. Es wäre übertrieben, wenn ich sagen würde, dass irgendjemand einen „schlechten Einfluss" auf mich ausübte. Ich war wie viele Jugendliche auf ein wenig Aufsässigkeit eingestellt. In den nächsten zwei Jahren zeichnete sich jedoch ein Entgleisen von pubertären Auflehnungsgebärden in extrem rebellisches Verhalten ab.

Das folgende Jahr war von gelegentlichem Schulschwänzen, Zu-spät-nach-Hause-Kommen und Herumtreiben in unserer kleinen Stadt geprägt. Als Konsequenz gab es natürlich Sanktionen von der Schule und vom Elternhaus, also Nachsitzen und Hausarrest. Meinen Aufruhr untermauerte ich mit schlechten Noten und am Ende durfte ich die siebte Klasse noch einmal wiederholen. In dieser Zeit überschlugen sich die Ereignisse, als sich immer öfter eine Gruppe Jugendlicher aus Wunsiedel, alle zwischen 17 und 19 Jahre alt, gekleidet in Springerstiefel, zum Teil in Armeehosen und in den bekannten Bomberjacken, auf dem örtlichen Marktplatz traf. Auf den Jacken waren Aufnäher wie „Ich bin stolz ein Deutscher zu sein" zu sehen. Ich sollte eine Gruppe, in der ich meinen Frust gegen die über mich herrschende Ordnung ausleben konnte, gefunden haben.

Unterdessen war Rudolf Heß, der 1987 im Spandauer Kriegsverbrechergefängnis in Berlin Selbstmord begangen hatte, auf dem Wunsiedler Friedhof im Heß-Familiengrab beigesetzt worden. Wohl aufgrund des nicht enden wollenden Medienrummels um den einstigen Stellvertreter Adolf Hitlers wurden einige der jugendlichen Wunsiedler dazu „inspiriert", eine eigene Neonazi-Gruppe zu gründen. Die Gruppe bestand aus rund zehn Burschen, die ich allesamt aus früheren Schuljahren oder der Nachbarschaft weitläufig kannte. In einer Kleinstadt wie Wunsiedel kennt ohnehin jeder jeden. Es sprach sich herum, dass diese Gruppe – es waren die ersten „hausgemachten" Neonazis und Skinheads, die Wunsiedel bis dahin erleben durfte – ein Grundstück mit einem alten Haus im abgelegenen Steinbruch am Rande der Stadt gepachtet hatte. Es wurde über dort vermeintlich abgehaltene Nazi-Zeremonien gemunkelt und die Wunsiedler waren im Großen und Ganzen entsetzt. Den Chef der Gruppe kannte ich schon aus dem Kindergartenalter. Er wohnte nur ein paar Häuser von mir entfernt und ich beschloss, ihn darauf anzusprechen, ob ich denn nicht auch einmal ins Haus im Steinbruch (das ganz einfach „die Hütte" getauft wurde und unter dem Namen bereits in der Region bekannt war) kommen könne. Somit wurde ich zum ersten „Nachwuchsanwärter" und bereits am darauf folgenden Wochenende saß ich im berüchtigten Wunsiedler Nazi-Quartier.

Die „Hütte" war nicht groß und bot gerade Platz genug für die neu formierte Mannschaft. Es wurden einige Stühle, ein langer Bierzelttisch und eine improvisierte Bar in die „Hütte" gebracht. An der Wand hing eine Reichskriegsflagge sowie ein kleines „Führerbild", unter dem sich die Mitglieder mit ihren Namen verewigten. Auf dem Gelände legte die Gruppe eine große Feuerstelle an. Abends versammelte man sich ums Feuer und soff Bier. Aus einem alten Kassettenrekorder hörte ich zum ersten Mal die Musik von Skinhead-Bands mit den Namen „Störkraft", „Endstufe" und vor allem „Böhse Onkelz", die zu der Zeit noch Lieder sangen mit Titeln wie „Türken raus", „Deutschland den Deutschen" und „Skinheadstolz". Um als Jüngster wenigstens auch mitgrölen zu können, lernte ich neben dem „Deutschlandlied" das „Horst-Wessel-Lied" sowie noch einige andere von

Neonazis favorisierte Lieder auswendig. Es wurde auch viel über Michael Kühnen geredet. Kühnen, der zu diesem Zeitpunkt bundesweit bekannteste Neonazi-Führer, wurde von der Wunsiedler Gruppe wie ein Heiliger verehrt. Die Lagerfeuerromantik, die ungewöhnlichen und teils trotzigen Texte der Skinhead-Musik und auch der erste Bierrausch sagten mir ziemlich zu. Zudem war alles – bis auf die Kleidung – nicht gerade militärisch, wohl aber kämpferisch geprägt. In der folgenden Zeit versäumte ich kein Saufgelage mit den Kameraden.

Dann kam es zur ersten Schlägerei, die ich ausgerechnet mit einem Kameraden hatte. Einer aus der Gruppe, er war drei Jahre älter als ich, hatte es aus irgendeinem Grund auf mich abgesehen. Er war nach mir der Zweitjüngste der Gruppe und wollte sich wohl auf meine Kosten profilieren. Regelmäßig jagte er mich auf dem Grundstück der „Hütte" umher. Ich hatte mir inzwischen auch eine Bomberjacke zugelegt, die damals bei allen Leuten als „Naziuniform" galt. Einmal, als ich wieder die Flucht vor diesem Burschen ergriff, brüllte mir der Chef unserer Gruppe hinterher, ich solle bloß meine Bomberjacke ausziehen, da so eine Jacke nichts für Feiglinge sei. Diesen Vorwurf konnte ich nicht auf mir sitzen lassen. Ich stoppte und stellte mich dem Kampf, aus dem ich als Sieger hervorging. Was folgte, waren Schlägereien auf dem Schulhof mit türkischen und russischen Mitschülern und anderen Kontrahenten, die ich schon als Kleinkind nicht ausstehen konnte. Schnell bekam ich in der Schule den Ruf eines üblen Chaoten, dem man besser aus dem Weg gehen sollte, und die Lehrer warnten meine Mitschüler, sich ja nicht mit mir einzulassen. Ich wurde 13 Jahre alt und der erste gesamtdeutsche Neonazi-Aufmarsch zum Gedenken an Rudolf Heß stand für Wunsiedel ins Haus.

DEMONSTRATION FÜR HESS IN WUNSIEDEL 1990

Mitte August 1990 war es dann soweit: Die Mauer war gefallen und das erste Mal stellten sich West- und Ost-Nazis gemeinsam in größerem Ausmaß zur Schau. Bei der Demonstration zeigte die Szene ihre ganze nationale Militanz. Die vielen kleinen Führer sowie der legendäre Michael Kühnen an der Spitze schienen ganze Arbeit geleistet zu haben. Eine beträchtliche Anzahl der angereisten Neonazis kam aus dem Osten, wo sich die Szene sehr schnell immer offener zeigte. 1989 waren vom Staatssicherheitsdienst der DDR exakt 1.001 Rechtsradikale offiziell registriert. Ende 1990 gingen Experten allerdings davon aus, dass die Szene im Osten um die 15.000 Rechtsextreme umfasste.

Mehr als 2.000 Neonazis fanden ihren Weg nach Wunsiedel, um einen zweistündigen Marsch durch die Kleinstadt abzuhalten. Es waren ungefähr genau so viele linke Gegendemonstranten vor Ort, aber das größte Aufgebot stellten eindeutig Polizei und Bundesgrenzschutz, die ordentlich damit zu tun hatten, linke und rechte Demonstranten auseinander zu halten, um eine Massenschlägerei zu verhindern.

Es waren schärfste Sicherheitsmaßnahmen verhängt und das örtliche Amtsgerichtsgebäude sowie das Polizeirevier mit Stacheldraht-Verhauen versehen worden. Wasserwerfer standen bereit und über der Stadt kreiste ein Polizeihubschrauber. Auch der Friedhof, auf dem Heß begraben liegt, wurde für mehrere Tage abgesperrt. Niemand durfte ihn betreten, auch nicht die ortsansässigen alten Leute zum stillen Gedenken ihrer Angehörigen. Außer ein paar kleinen Scharmützeln zwischen linken Autonomen und den Polizeikräften – auch ein Rechter warf wohl einen Stein auf einen Polizisten – gab es keine nennenswerten Zwischenfälle. Nach einigen Ansprachen diverser Neonazi-Führer, in denen Rudolf Heß gehuldigt und die „amerikanischen Besatzer“ verflucht wurden, beendete man das Spektakel mit dem gemeinsamen Absingen des Deutschlandliedes. Ich erinnere mich noch, dass im Vorfeld Liederzettel verteilt werden mussten, auf denen die drei Strophen des Deutschlandliedes abgedruckt waren, damit auch die bis dahin weniger geübten Ost-Nazis mitsingen konnten. Als man auch mir einen Liederzettel geben wollte, lehnte ich dankend ab und gab die freche

Frage von mir, ob ich denn so aussähe, als habe ich die eigene Hymne nicht im Kopf. Ansonsten verfolgte ich das Spektakel aus diskretem Abstand und freute mich, dass ich auch einmal den „berühmten“ Kühnen zu Gesicht bekommen hatte. Wer mehr über die Nazi-Führer Anfang der 90er erfahren möchte, dem empfehle ich das Buch von Ingo Hasselbach mit dem Titel „Die Abrechnung – Ein Neonazi steigt aus“.

NATIONALER BLOCK (NB) IM FRANKENLAND

Der „Nationale Block" (NB), gegründet im Sommer 1991, war damals eine von vielen sich offen vom Nationalsozialismus ableitenden Organisationen, blieb jedoch hauptsächlich auf die Region Bayern beschränkt und kam nie über 40 Mitglieder hinaus. Ich erinnere mich noch an die erste Versammlung des NB im oberfränkischen Dorf Röslau. Eingeladen zu dieser Versammlung hatte ein zumindest damals bundesweit recht bekannter Neonazi namens Michael Zwirzek, der zugleich Führer einer Organisation mit Namen „Nationale Offensive" (NO) war. Das kleine Spektakel fand dann im Hinterzimmer des Röslauer Wirtshauses „Roter Ochse" statt und rund 25 Skinheads und NS-Rabauken aus der Region waren gekommen. Als mein Vater später von einem Provinzpolizisten, der zur Observierung eingesetzt war, erfuhr, dass sein Sohn an einer „konspirativen Neonazi-Versammlung" teilgenommen hatte, war natürlich Ärger im väterlichen Haus angesagt. Mein Vater echauffierte sich mit dem lustig klingenden Satz: „Das kann ja wohl nicht wahr sein: Im ‚Roten Ochsen' treffen sich die braunen Ratten."

Um das Geheimnis dieser mystischen „konspirativen Nazi-Versammlung" zu lüften, möchte ich erzählen, dass bei dieser Zusammenrottung in einem verrauchten Hinterzimmer Versammlungsleiter Zwirzek Videomaterial von einer von ihm inszenierten „Anti-Drogen-Demonstration" vorführte und ein wenig über die „bösen ausländischen Drogenhändler" sprach. Die Parole des Treffens sollte lauten: „Nationalisten gegen Drogen". Besonders erstaunt war ich jedoch, dass unter diesem Motto mindestens vier anwesende Kameraden ohne Hemmungen Haschisch konsumierten. Die Kameraden rauchten dermaßen viel, dass der Wirt, der nur selten in den Raum kam, um Biernachschub zu bringen, vom bloßen Einatmen der Luft einen Drall weg hatte. Die anderen Kameraden störten sich wenig an diesem Haschisch-Exzess während einer nationalen Anti-Drogen-Sitzung und Zwirzek als „Drogenspezialist" bekam gar nicht mit, welche Sorte von Zigaretten hier geraucht wurde. Er dachte, die Kameraden seien lediglich besoffen, und war im Anschluss an die Versammlung sogar noch so kameradschaftlich, die Gesinnungsgenossen nach Hause zu fahren, die dann einer nach dem anderen total bekifft in seinem Auto einschliefen.

Einen besonderen Einfluss auf junge Leute und braune Kameraden in Oberfranken hatte die Tätigkeit des NB, der zwei Jahre später vom bayerischen Innenminister verboten werden sollte, jedenfalls nicht – und auf die Region erst recht nicht. Die Tätigkeit solcher Gruppen hatte jedoch zur Konsequenz, dass viele Neonazis von außerhalb angelockt wurden, sich an den Wochenenden mit Vorliebe bei uns in Wunsiedel zusammenrotteten, einen Haufen Mist bauten und sich anschließend aus dem Staub machten. Die Wunsiedler Kameraden, die sich in der Regel davor hüteten, in der eigenen Stadt Randale zu machen, durften dann die Aktivitäten ihrer Gesinnungskumpane ausbaden und sich von nächtlichen Besuchen der heimischen Polizei beglücken lassen.

Der Plan des NB und der von auswärts angereisten Kameraden, Wunsiedel zur Nazi-Hochburg auszubauen, ging jedoch nicht auf, und zumindest was die Wunsiedler Gruppe betraf, ging der Schuss nach hinten los. Bereits ein Jahr später war die Wunsiedler Gruppe nicht mehr existent. Sicher hatten sich nicht alle von ihren zwei bis drei Jahre lang gekrähten Parolen innerlich verabschiedet, aber die Zeit der Uniformierung, der Treffen am Lagerfeuer und des gemeinsamen Liedergrölens war vorbei. Dennoch manifestierte der Wunsiedler Trupp sein einstiges Bestehen, zumindest in der Regionalpresse, durch eine Gerichtsverhandlung, bei der der komplette Mob einschließlich meiner Person abgeurteilt wurde.

Dem vorangegangen war ein Dorffest in der Nähe von Wunsiedel, bei dem es zu einer Massenschlägerei zwischen unserer Wunsiedler Gruppe von rund zehn Mann und einer Gruppe von mehr als 30 Punks gekommen war. Zum Auftakt der Keilerei hatten wir einen benachbarten Gartenzaun zerlegt und die Latten verwendet, um auf den Gegner einzuprügeln. Einige Punks waren zu Fuß geflüchtet, andere hatten versucht, mit ihren Pkw unserem kleinen, jedoch amoklaufenden Mob zu entkommen. Wir hatten ein Auto gestoppt, mit dem fünf Punks zu flüchten versuchten, und mit den Zaunlatten auf das Fahrzeug eingeschlagen. Scheiben waren zu Bruch gegangen, die Insassen durch Glassplitter und Lattenhiebe verletzt worden. Die Polizei hatte nicht lange auf sich warten lassen und das Ende vom Lied war, dass wir uns allesamt mit einer Anzeige wegen „Landfriedensbruchs" auf der Anklagebank wiederfanden. Die Urteile fielen mit kleinen Geldstrafen sowie gemeinnützigen Arbeitsstunden relativ milde aus. Ich wurde zu 40 Arbeitsstunden verdonnert, worüber ich damals noch lachen konnte. Zu dem Zeitpunkt war mir noch nicht bewusst, dass für mich in der Zukunft das Sitzen vor einem Richter zum gewohnten Ritual werden sollte.

UND AB IN DEN OSTEN

Mitte 1992 sah meine Situation so aus, dass sich die Wunsiedler Nazi-Gruppe im Zustand der Auflösung befand, ich auf Grund meiner Saufgelage und Schulschwänzerei mittlerweile nach Jugendstrafrecht vorbestraft war und wegen meines Jungnazi-Gebarens einen Haufen Ärger in Schule und Elternhaus auszustehen hatte. Ich vertiefte mich mehr und mehr in das Lesen von Zeitungsberichten über die im Osten boomende Neonazi-Szene. Ich hatte gehörigen Lesestoff, da zu dieser Zeit täglich über die Aktionen des braunen Mobs berichtet wurde. Schlagzeilen wie „Leipzig – eine Stadt unter braunem Terror“ oder „Dresden – geheime Hauptstadt der Neonazis“ sind mir noch gut in Erinnerung. Spektakel wie in Hoyerswerda, wo Hunderte von Neonazis tagelang das örtliche Asylheim attackierten, bis die Bewohner des Heimes schließlich von der Polizei evakuiert werden mussten, oder beispielsweise die Ermordung des Dresdner Neonazi-Chefs Rainer Sonntag, die einen der bis dahin größten Neonazi-Aufmärsche im wieder vereinten Deutschland auslöste, beherrschten die Fernsehschirme. Die Medien bauschten diese Ereignisse dermaßen auf, dass man glauben konnte, im Osten bastelten die Neonazis bereits an einer unaufhaltbaren Machtergreifung.

Ich war gerade 15 Jahre alt geworden, als ich beschloss, aus den mir gesetzten Grenzen auszubrechen, das ganze Theater, das ich mir in Wunsiedel aufgehalst hatte, hinter mir zu lassen und an der Aufbruchstimmung der Neonazis und Skinheads im Osten teilzunehmen. Das erste Mal in meinem Leben rasierte ich mir den Schädel kahl. Heute ist das nichts Außergewöhnliches mehr, sondern eine Art Modeerscheinung, aber damals war ein kahler Kopf den Skinheads vorbehalten und hatte auf die Umwelt eine entsprechende Signalwirkung. Ich packte meine Siebensachen, schwang mich in eine Bomberjacke, schnürte die Springerstiefel und setzte mich in den nächsten Zug Richtung Osten. Da mir aus den Medien besonders Dresden als „geheime Hauptstadt der Neonazis“ im Kopf herumspukte, beschloss ich auf gut Glück, Dresden zu meinem Reiseziel zu machen, in der Hoffnung dort schon irgendwie Anschluss an die Szene zu finden.

Ich stand gerade mal zehn Minuten auf dem Dresdner Hauptbahnhof, als ich von den ersten Dresdner Kameraden, die sich damals unter anderem auch dort trafen, angesprochen wurde. Man begrüßte mich als Neuankömmling aus dem Westen auf das Herzlichste und brachte mich in den Dresdner Stadtteil Prohlis, in dem ich in der nächsten Zeit bei verschiedenen Kameraden Quartier bezog. Meine Eltern, in großer Sorge, gaben eine Vermisstenanzeige auf, bekamen jedoch die unbefriedigende Antwort von der Polizei, dass so viele Kinder von zu Hause abhauen würden, dass man nicht das Personal habe, jeden einzelnen Ausreißer aufzuspüren – es sei denn, er würde durch Zufall beim Begehen einer Straftat gestellt. Ich sollte jedoch bei keiner Straftat gestellt werden und erst Monate später meiner Familie ein Lebenszeichen von mir geben. Alle Versuche meiner Angehörigen, mich zur Heimkehr und Einsicht zu bewegen, halfen nichts. Ich wollte in Dresden bleiben und außer gelegentlichen Besuchen bei meiner Familie verließ ich das Sachsenland für die nächsten acht Jahre auch nicht mehr. Ich entzog mich jeglicher Kontrolle und wurde schnell ein Teil der Dresdner Nazi-Szene.

Wie gesagt, verbrachte ich meine Anfangszeit in Dresden vorwiegend im Bezirk Prohlis. Zu dieser Zeit waren in Dresden-Süd, wozu auch Prohlis gehört, zwei Neonazi-Organisationen tätig. Eine davon war die „Nationale Offensive“ (NO) mit ungefähr 200 Mitgliedern. Die andere nannte sich „Deutsche Alternative“ (DA) und war mit rund 1.000 Mitgliedern die bis dahin mitgliederstärkste Neonazi-Organisation im Osten und hatte ihren Schwerpunkt in Brandenburg. NO- und DA-Aktivitäten waren in Dresden schwer auseinander zu halten, da die Mitglieder sich nicht voneinander abgrenzten und meist ihre Veranstaltungen gemeinsam koordinierten und durchführten. Im Prohliser Jugendklub fanden regelmäßig sowohl Versammlungen der NO als auch der DA statt und anders als beim „Nationalen Block“ in Franken, der in der ganzen Region nur 25 Skins auf die Beine brachte, kamen allein aus einem einzigen Stadtbezirk – nämlich Prohlis – mehr als 200 Rechtsradikale zusammen, um sich von den Reden ihrer regionalen Führer aufpeitschen zu lassen.

Auch im Dresdner Nordteil, im Bezirk Gorbitz, gab es eine Kameradschaft, die sich nach ihrem Stadtteil benannte und über rund 300 Mitglieder und Sympathisanten verfügte. Aufgebaut worden war diese Truppe anfangs vom Dresdner Neonazi-Chef Rainer Sonntag, der aber zu dieser Zeit bereits ein Jahr lang tot war. Sonntag wurde von Dresdner Zuhältern erschossen, als er mit seiner Truppe versuchte, im Rotlichtmilieu Schutzgeld zu erpressen. Ein weiterer Schwerpunkt der Neonazi-Szene war der Dresdner Bezirk Johannstadt, in dem es ebenfalls eine nach dem Bezirk benannte Kameradschaft mit vergleichbarer Mitgliedschaft gab.

Eines hatten die rechten Burschen der verschiedenen Gruppen in Dresden gemeinsam, und zwar eine Art „Volkssport für Rechtsradikale“, der sich „Fidschiklatschen“ nannte. Für diejenigen, die mit dem Begriff nichts anfangen können, sei gesagt, dass man in der Szene unter „Fidschis“ Vietnamesen versteht. Zu dieser Zeit standen vor allem in den Plattenbau-Siedlungen von Dresden an jeder Straßenecke kleine Gruppen von Vietnamesen, die ihre geschmuggelten und unversteuerten Zigaretten verkauften. Es war für uns eine Art Sport, in Trupps loszuziehen, die Vietnamesen zu verprügeln und ihnen die Zigaretten abzunehmen. Das war unser Alltag. Die erbeuteten Zigaretten verkauften wir dann in den Bars und Klubs, um die Kameradschaftskassen aufzubessern. Spielte sich das „Fidschiklatschen“ am Tage vor jeder Menge schaulustiger Passanten ab, so zog man in der Nacht los, um die Konfrontation mit linken und autonomen Gruppen in anderen Bezirken zu suchen.

Ein besonderes Phänomen in der Dresdner Naziszene war, dass der Übergang zum kriminellen Milieu fast fließend verlief. So war es keine Seltenheit, dass sich rechtsradikale und kriminelle Banden das Schutzgeld-Erpressungsgeschäft teilten oder dass Mitglieder der verschiedensten Kameradschaften Autos stahlen und an andere Kriminelle verkauften. Kriminelle sowie wir Neonazis hatten zu dieser Zeit noch eine Art Narrenfreiheit. Die ostdeutsche Polizei hielt sich zurück und war mit der neuen Situation, die sich nach der Wende ergab, völlig überfordert. Teilweise wurde es von der Polizei sogar begrüßt, wenn sich die Nazis um die Zigarettenhändler „bemühten“. Die Situation änderte sich in Dresden erst Ende 1992.

Nachdem der Staat drei Jahre lang zugeschaut hatte, wie sich die ostdeutschen Neonazis austobten und bei jeder Gelegenheit den Hitlergruß zelebrierten, wurde nun eingeschritten. Die „Nationale Offensive“, die „Deutsche Alternative“ sowie eine ganze Reihe weiterer Neonazi-Organisationen wurden verboten und speziell für Sachsen wurde von der Polizei eine „Sonderkommission Rechtsextremismus“ (Soko REX) gegründet, die sich in der Folgezeit mit Erfolg hauptsächlich um die Kameradschaften kümmerte. Bereits sechs Monate später, im Sommer 1993, war von NO- und DA-Propaganda nichts mehr zu sehen und zu hören. Auch die starken Dresdner Kameradschaften waren auf kümmerliche Reste zusammengeschrumpft. In Prohlis und Johannstadt gab es so gut wie keine Nazi-Aktivitäten mehr und in Gorbitz war von der einst mitgliederstärksten Truppe Dresdens bis Anfang 1994 nur noch ein Dutzend zum großen Teil inaktiver Mitglieder übrig geblieben. Gut zwei Jahre lang stand an einer Gorbitzer Straßenbrücke mit großen Buchstaben eine Parole gesprüht, die lautete: „Kehrst Du mal nach Gorbitz ein, so muß Dein Gruß Heil Hitler sein.“

Mitte 1993 war auch diese Parole übermalt, ohne dass sich ein Neonazi fand, um sie zu rekonstruieren.

Die davongelaufenen Kameraden zogen es vor, beim Fußballspielen Dampf abzulassen und sich mit anderen Vereinen zu prügeln. So verschwand zwar die Neonazi-Szene aus dem Stadtbild, dafür hatte Dresden nun aber eine starke Hooligan-Szene. Freilich gab es weiterhin versprengte Skinhead- und Nazi-Grüppchen, die aber ziemlich orientierungslos agierten und über das Niveau von gewöhnlichen Schlägerbanden nicht hinauskamen.

Lediglich eine Kameradschaft ist mir in Erinnerung geblieben, die den staatlichen Repressalien zäh standhielt. Es war die „Kameradschaft Kreischa“. Kreischa ist ein kleiner Ort unweit von Dresden und die gleichnamige Kameradschaft hatte um die 30 Mitglieder, was für eine kleine Ortschaft ein beachtliches Neonazi-Potenzial bedeutet. Dazu kam, dass sich diese Truppe im Ort und in der Region anscheinend guten Ansehens bei der Bevölkerung erfreute. Bei einem Frühlingsfest in der Nähe von Heidenau bei Dresden wurde diese Truppe von den zuständigen Stadtvätern sogar offiziell als Ordnungs- und Sicherheitsdienst angeheuert. So patrouillierten die Kreischaer Kameradschaftsmitglieder, ausgestattet mit Funkgeräten und Schlagstöcken, manche hatten Handschellen parat, schwarz uniformiert, mit dem Kameradschaftsemblem an den Ärmeln und sorgten für „Ruhe und Ordnung“. Die zahlreichen Besucher störten sich keineswegs an der offensichtlich zu erkennenden Nazi-Sicherheitstruppe und viele ließen sich, ohne ihre Begeisterung für diese „disziplinierten Neonazis“ zu verbergen, Propagandamaterial zustecken. Doch auch dieser Nazi-Gruppe sollte es nicht mehr gelingen, an überregionalem Einfluss zu gewinnen. Im folgenden Jahr fanden sich im Dresdner Süden zahlreiche neue Cliquen zusammen, die zwar allesamt von rechten Denkweisen geprägt waren, jedoch keine politischen Aktivitäten entfalteten. Es blieb bei Saufgelagen mit Sieg-Heil-Gegröle, untermalt von Skinhead-Musik.

Ich zog in den Prohliser Nachbarstadtteil Reick um und wurde Rädelsführer einer der dortigen rechten Cliquen. Im Sommer 1994 lernte ich einen damals 28-jährigen Reicker Neonazi kennen, der ebenfalls zeitweise in der NO sowie in der „Kameradschaft Meißen" aktiv war. Sein Name war Thomas Leuteritz. Zu der Zeit war Leuteritz auf der Suche nach neuen Gesinnungskumpanen, um auch in Reick eine Truppe aufzubauen, und so beschlossen wir, die Sache gemeinsam anzupacken. Wir starteten die „Kameradschaft Reick" mit sieben Mann, wobei festgelegt wurde, dass Leuteritz der Chef sein sollte und ich sein Stellvertreter. Ich trommelte meine Kameraden aus Prohlis und Reick zusammen und nach zwei Wochen umfasste die „Kameradschaft Reick" nahezu 40 Mitglieder. Ich sowie die meisten meiner Kameraden waren auf Aktionen aus, wohingegen Leuteritz die Burschen beim Kameradschaftsabend zum Liedersingen bewegen wollte. Wir hatten es uns jedenfalls zum Ziel gemacht, Reick von allem zu „säubern", was nicht in unser Weltbild passte, und wir sollten dies innerhalb weniger Wochen mit äußerster Brutalität schaffen.

So zog unser Mob Nacht für Nacht, bewaffnet mit Baseballschlägern, Gaspistolen und Stahlketten, durch die Reicker Plattenbausiedlung. Es wurde jeder gejagt und verprügelt, der bunte Haare hatte, irgendwie links orientiert aussah oder einem Ausländer glich. Auch in der Straßenbahn, die durch Reick fuhr, patrouillierten wir und wenn uns ein Linker oder Ausländer in der Bahn auffiel, wurde er zusammengeschlagen und manchmal auch aus der fahrenden Bahn geworfen. Wir markierten unser Revier mit aufgesprühten Hakenkreuzen und Nazi-Parolen an den Hauswänden. Es sprach sich schnell herum, dass man als Linker oder Ausländer den Bezirk Reick besser meiden sollte und unsere „Feindobjekte" zogen es dann auch vor, den Stadtteil zu verlassen oder versuchten, mit dem Bus unser Gebiet zu umgehen. Jedenfalls bekamen wir in Reick weit und breit keinen „Feind" mehr zu Gesicht. Wir begannen dann, Autos zu knacken und fuhren mit den gestohlenen Pkw unsere Streifzüge in den benachbarten Bezirken. Reick war nun „befreit" und der ganze Südteil Dresdens wurde von uns unsicher gemacht. Dass sich bei derartigen Aktionen die Strafanzeigen und Aufenthalte auf Polizeirevieren häuften, war klar.

Währenddessen entglitt Leuteritz mehr und mehr die Führung über unseren tobenden Mob. Leuteritz begann, unter den Kameraden zusätzliche Posten zu verteilen oder stellte denjenigen, die sich ihm anbiederten, irgendwelche speziellen Funktionen in Aussicht. Unter anderem versuchte er, einen internen Sicherheitsdienst aufzubauen, um die eigenen Kameraden zu bespitzeln. Auch holte er einen stadtbekannten Schläger in die Gruppe, um die Burschen auf seine Linie zu bringen. Während unsere Parole lautete: „Einer für alle und alle für einen", sah Leuteritz' Linie grob gesagt so aus: „Alle für Leuteritz." Er wollte um jeden Preis ein kleiner Führer sein und die Truppe sollte ihm Gehorsam und Respekt zollen.

Es begannen dann die persönlichen Differenzen zwischen mir und Leuteritz. In einem Gespräch unter vier Augen wurde auch deutlich, was Leuteritz von den eigenen Kameraden hielt. So sagte er einmal zu mir, dass wir, also Leuteritz und ich, der Kopf seien und der Rest der Truppe lediglich ein Werkzeug. Als ich gegen diese Diffamierung der eigenen Leute protestierte, korrigierte er seine Aussage mit den Worten: „Na gut, wir sind der Kopf und die anderen der Körper und schließlich kann der Kopf nicht ohne Körper und der Körper nicht ohne Kopf leben“. Es sei dazu gesagt, dass wohl die meisten Neonazi-Führer die gleichen verachtenden Gedanken gegenüber ihrem Gefolge haben und auf einige will ich später noch zu sprechen kommen.

Leuteritz jedenfalls fing an, die eigenen Kumpane zu drangsalieren. Wer fünf Minuten zu spät zum Kameradschaftsabend kam, musste zur Strafe vor versammelter Mannschaft Liegestütze exerzieren, und manchem ließ er glühende Zigaretten auf dem Kopf ausdrücken. Einige der schikanierten Kameraden kannte ich zu diesem Zeitpunkt mehr als zwei Jahre sehr gut und ich war nicht gewillt, weiter zuzuschauen, wie Leuteritz die eigenen Kameraden gegeneinander hetzte, anstatt sich auf den Feind zu konzentrieren. So war ich der Erste, der aus der Kameradschaft Reick austrat, und die Hälfte der Mitglieder folgte mir. Die andere Hälfte blieb bei Leuteritz. Der Hass, den wir zuerst gegen unsere politischen Gegner teilten, schlug nun in Hass gegeneinander um. So beschimpfte ich Leuteritz als übelstes Kameradenschwein und er warf mir vor, die Gruppe gespalten zu haben. Der Hass saß beiderseits tief und mit derselben Verachtung, mit der wir auf unsere Feinde losgingen, gingen wir in den folgenden Wochen aufeinander los.

Ich besetzte mit meiner Gruppe ein leer stehendes Fabrikgelände in der Dresdner Südvorstadt, das wir zu unserem neuen Quartier und Treffpunkt ausbauten, während Leuteritz den Keller seines Hauses in Reick zu einem neuen Quartier für seine Gruppe umbaute. Was nun folgte, waren nächtliche Überfälle der Leuteritz-Gruppe auf unser Quartier in der Südvorstadt, die wiederum Streifzüge unserer Gruppe nach Reick zur Folge hatten. Die Scharmützel gingen über Wochen, mal erwischte es einen von uns, mal erwischten wir einen der anderen. Das Kräfteverhältnis sollte sich jedoch bald verschieben. Während die Mitgliederzahl der Leuteritz-Gruppe stagnierte und sie sogar weitere Austritte registrieren musste, gelang es mir, in der Südvorstadt neue Freunde zu gewinnen und in meine Gruppe einzubinden. Das Ende vom Lied war, dass sich Leuteritz allabendlich mit einem Dutzend seiner Gefolgsleute in seinem Kellerquartier verschanzte, den entscheidenden Schlag unserer Gruppe erwartete und um das Leben seiner Frau und seines Kindes, die sich ebenfalls im Haus befanden, bangen musste.

Nachdem der Ausgang dieser internen Selbstzerfleischung entschieden schien, kam es auf Vermittlung eines Kameraden zu einem Treffen zwischen Leuteritz und mir, bei dem Leuteritz um eine Art „Waffenstillstand" ersuchte. Es wurde abgemacht, dass künftig jede Gruppe ihren eigenen Weg geht und man sich ganz einfach gegenseitig in Ruhe lässt. Im Anschluss an das Gespräch trank man noch ein gemeinsames Bier und es sollte das letzte Mal sein, dass ich Leuteritz begegnete. Ich weiß jedoch, dass er seine Truppe nicht mehr lange halten konnte. 1999 wurde mir berichtet, dass sich Leuteritz zwar immer noch in der Szene zu profilieren versuche, dass er aber mittlerweile alkoholkrank sei und es die vergangenen Jahre lediglich geschafft habe, noch vier bis fünf Halbwüchsige um sich zu versammeln.

Nachdem ich einige Jahre relativ ungestört vor mich hatte hinwüten können und die Staatsanwaltschaft geduldig zugeschaut hatte, wie sich meine Strafanzeigen häuften, war Anfang 1995 die Zeit gekommen, dass ich das erste Mal in meinem Leben ein Gefängnis von innen sehen durfte. Zwar konnte ich die vielen Nächte, die ich bis dahin bereits in Polizeigewahrsam verbracht hatte, schon nicht mehr zählen, aber es war nun doch etwas anderes, in Untersuchungshaft im alten Dresdner Gefängnis in der Schießgasse eingebuchtet zu werden. Nun, begeistert war ich von meinem ersten Gefängnisaufenthalt natürlich nicht, aber da ich bereits beim Betreten der Stationen viele bekannte Gesichter, unter anderem auch aus meinen Prohliser Anfangszeiten, erblicken konnte und die alten Freundschaften schnell wieder aufgewärmt wurden, hatte ich nichts auszustehen. Für Zigaretten wurde ausreichend gesorgt und die Verpflegung war, im Vergleich zu Gefängnissen, die ich die nächsten Jahre erleben durfte, ausgezeichnet. Ja, ich möchte behaupten, das Essen im Dresdner Schießgassen-Gefängnis war einfach köstlich, und auch das Gefängnispersonal war im Vergleich zu anderen Knästen viel menschlicher und freundlicher.

Offensichtlich wollten mich Richter und Staatsanwaltschaft mit diesem Aufenthalt mal ein wenig abschrecken und nachdem ich einige Wochen in Untersuchungshaft verbrachte hatte, war man anscheinend der Meinung, dies wäre Denkzettel genug für mich. Jedenfalls wurde ich nach fünf Wochen bei einer Haftprüfung wieder auf freien Fuß gesetzt. Erst zwei Jahre später sollte ich das Gefängnis wieder von innen sehen, dann jedoch sollte mir die Staatsgewalt meine Schandtaten ordentlich quittieren.

STRASSENSCHLACHT IN DER DRESDNER NEUSTADT

Das Jahr 1995 wurde für mich ein relativ ruhiges Jahr. Ich ließ es mir ganz einfach gut gehen, widmete meine Zeit den Abenteuern mit Mädchen und zog durch die Dresdner Bars und Kneipen, um mich voll laufen zu lassen. Nach Kameradschaftsgründungen und Schlachtenbummlerei stand mir in diesem Jahr nicht der Sinn und dennoch geriet ich durch eine Aktion, die eher auf einem Missverständnis als auf politischer Planung beruhte, ins Visier der Dresdner Antifaschisten. Zu dieser Zeit hatte ich einen guten Kameraden, der am Rande des Dresdner Bezirks Neustadt wohnte und wir wollen diesen Kameraden einfach mal Roland nennen. Die Dresdner Neustadt war damals noch ein Bezirk, in dem ausschließlich linke und autonome Gruppen agierten. Wir bezeichneten die Dresdner Neustadt als „linke Hochburg", in der es zahlreiche besetzte Häuser gab, die teilweise kleinen Festungen glichen. Als Nazi durch diesen Bezirk zu gehen, hatte dieselben Folgen wie ein Jahr zuvor für einen Linken, wenn er versuchte, durch unser Reick zu laufen. Im Gegensatz zu unserem Plattenbau-Viertel war die Dresdner Neustadt, anders als der Name nahe legt, ein Altbaugebiet. Am Rande der Neustadt gab es einen Park, genannt Alaun Park, der von der Fläche her recht groß und stellenweise unübersichtlich war.

Im Sommer 1995 traf sich im Park regelmäßig eine Gruppe junger Burschen, die weder eine linke noch eine rechte Gesinnung hegten. Sie waren einfach nur am Saufen und Krawallmachen interessiert und eines Sommertages wurde Roland von dieser Gruppe zusammengeschlagen. Den Grund wusste keiner, aber es war klar, dass für die rund 20-köpfige Chaotengruppe im Alaun Park auf jeden Fall Vergeltung ins Haus stehen musste. So machten wir uns daran, unsere Freundes- und Kameradenkreise, die wir im Laufe der letzten Jahre aufgebaut hatten, für den Vergeltungsschlag zu mobilisieren. Ich selbst klapperte die Cliquen im Dresdner Süden und Norden ab, bei denen ich mittlerweile schon den besten Bekanntschaftsgrad besaß, und Roland mobilisierte seine Freunde in Dresden-Mitte. Zwei Tage später folgten unserem Ruf zum vereinbarten Sammelpunkt am Rande des Alaun-Parks mehr als 250 Skinheads, Hooligans und andere Schlachtenbummler, viele mit Holzknüppeln und anderen Schlagwerkzeugen ausgestattet.

Dresden

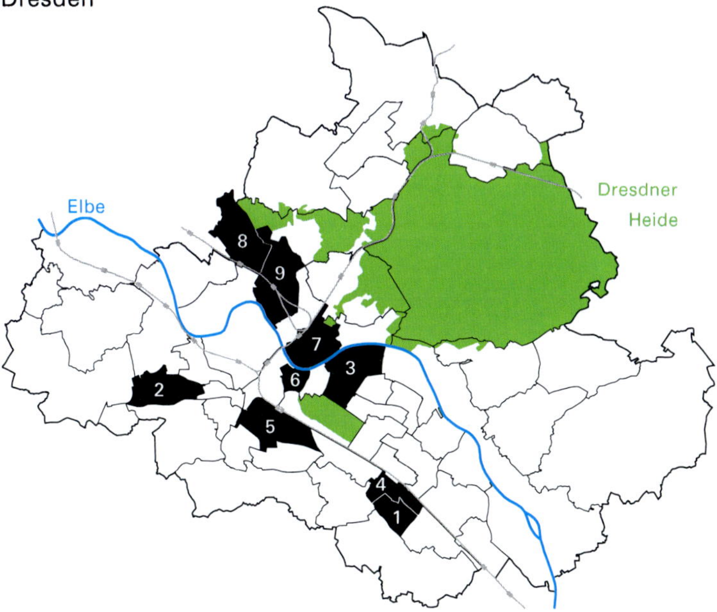

Stadtteile Dresden 1 Prohlis **2** Gorbitz **3** Johannstadt **4** Reick **5** Südvorstadt (Hauptbahnhof) **6** Altstadt (Schießgasse) **7** Neustadt (Alaun Park) **8** Trachau **9** Pieschen

Zunächst vertrieben wir unsere „Gegner" aus dem Park und verpassten denen, die wir von der Flucht abhalten konnten, ein paar Trachten Prügel. Die Polizei reagierte mit einer weiträumigen Absperrung. Wir durchbrachen den Polizeikessel an seiner dünnsten Stelle, um uns in der Neustadt mit ungefähr achtzig Autonomen und Punks eine wüste Massenschlägerei zu liefern. In Front von uns prügelten die Linken, von hinten drosch die Polizei mit Schlagstöcken auf das Gewühl ein. Es dauerte nicht lange, bis die Autonomen von uns überrannt waren. Unsere Gruppe versprengte sich in die vielen kleinen Gassen und Seitenstraßen der Neustadt. Zahlreiche kleine Schlägertrupps überfielen dann einige von Linken besetzte Häuser und Kneipen und lieferten sich bis in die Nacht hinein ein Katz-und-Maus-Spiel mit der Polizei.

Erst gegen Mitternacht kehrte im Bezirk wieder Ruhe ein und die letzten Kameraden – auch ich selbst – fanden ihren Weg nach Hause. Das Ergebnis des Tages waren dutzende Verhaftete, von denen viele das Gefängnis für die nächste Zeit nicht mehr verlassen sollten, sowie zahlreiche Verletzte. Auch wenn Roland und ich nicht von der Polizei verhaftet wurden und die Straßenschlacht mit ein paar Prellungen und Schürfwunden glimpflich überstanden hatten, so waren wir nun im Visier der Dresdner Antifa-Szene, da diese uns als Rädelsführer und Drahtzieher des „faschistischen Überfalls auf die linke Hochburg Neustadt" ausgemacht hatte. Auch wenn wir uns auf einer schwarzen Liste der Dresdner Antifa wieder fanden, sollte es einen gezielten Racheakt gegen uns nicht geben. Auch sonst verlief der Rest des Jahres wieder ruhig.

1996, als ich in den Dresdner Altbaubezirk Pieschen umzog, der an die Dresdner Neustadt angrenzt, wurde es wieder politisch. Die Dresdner Neonazi-Szene schaffte es in diesem Jahr, sich langsam, aber sicher zu reorganisieren. Anfang 1996 gründete ich mit drei weiteren Kameraden in dem bis dahin von Linken und Alternativen geprägten Bezirk Pieschen eine Kameradschaft, die wir nach dem Stadtteil benannten. Ich wurde zum Kameradschaftsführer gekürt und ein damals 19-jähriger NPD-Funktionär wurde mein Stellvertreter. Bis zum März hatte unsere Kameradschaft einen festen Stamm von 14 Mitgliedern. Den Schwerpunkt bildete diesmal die politische Schulung der Kameraden, zu der wir durch Vermittlung meines Stellvertreters regelmäßig den damaligen NPD-Kreisleiter Matthias Paul einluden. Die NPD hatte damals ihren stärksten Kreisverband mit rund 300 Mitgliedern in Leipzig und die Strategen dieser Partei hatten es sich zur Aufgabe gemacht, auch ihren Dresdner Kreisverband, der bis dahin mit rund 20 Mitgliedern vor sich hin wurstelte, auf Vordermann zu bringen. Die NPD begann, monatliche Versammlungen unter dem Motto „Freundeskreis – Ein Herz für Deutschland" in Dresden zu organisieren. Die Partei bemühte sich auch, das Netzwerk der mittlerweile relativ kleinen, aber aktiven Dresdner Kameradschaftsszene an sich zu binden.

Außer dem 20-köpfigen NPD-Kreisverband gab es neben unserer Kameradschaft noch zwei weitere nennenswerte Kameradschaften. Eine davon war die „Kameradschaft Sachsenfront", die 1995 unter großer Euphorie von rund 25 Skinheads gegründet worden war, zu der Zeit aber gerade mal noch vier Mitglieder zählte. Dazu kam die „Kameradschaft Trachau" – ebenfalls nach einem Dresdner Stadtteil benannt –, die mit rund sechs Personen eine kleine, aber wohl die zu dem Zeitpunkt langlebigste Nazi-Gruppe von Dresden war. In diesen Monaten gründete sich auch die „Kameradschaft Sächsische Schweiz" mit einer Stärke von etwa zehn Kameraden. Die „Kameradschaft Sächsische Schweiz" sollte vier Jahre später mit 100 Mitgliedern sowie einem 300 Mann starken Sympathisantenumfeld als die bundesweit militanteste Neonazi-Truppe unter dem Namen „Skinheads Sächsische Schweiz" (SSS) in den Medien bekannt und als kriminelle Vereinigung verboten werden. Dazu kam, dass sich die sächsische Kleinstadt Wurzen zur Nazi-Hochburg entwickelte. Speziell die Wurzener Kameraden sollten künftig von der Sachsen-NPD als Schutztruppe angeheuert werden.

Im Frühjahr 1996 fanden in unserem alten Bezirk Reick zwei nennenswerte Skinhead-Konzerte statt, die mit jeweils über 500 Teilnehmern mehr als gut besucht waren und Dresden langsam, aber sicher wieder attraktiv für die Neonazi-Szene machten. Attraktion bei den Konzerten war für die Hundertschaften von Skins und Neonazis hauptsächlich eine schwedische Neonazi-Band mit Namen „Ultima Thule“. Diese Kombo spielt in Schweden übrigens meist vor normalem Publikum und wird dort offenbar nicht als rechtsradikal empfunden. Ein weiterer Publikumsmagnet war die Band „Starkstrom“, deren Bandleader bereits Jahre zuvor in der einstigen Skinhead-Kultband „Störkraft“ mitgespielt hatte.

Die Vorbands waren nicht gerade berauschend für die Kameraden und vor allem die Thüringer Naziband „Brutale Haie“ erzürnte beziehungsweise belustigte die Kameraden. Der Sänger hatte wohl ein für die Szene etwas untypisches Schuhwerk an, wenn ich mich nicht täusche, stampfte er mit Gummistiefeln auf der Bühne herum. Als er mit seinem ebenfalls für die Szene etwas ausgefallenen Mittelscheitel anfing, den Skinhead-Kult zu besingen, war dies doch etwas zu viel für die braunen Konzertbesucher. Arg enttäuscht verabschiedeten sich die „Brutalen Haie“ unter Buhrufen und Gelächter von der Bühne. Die Hauptbands brachten die Stimmung jedoch schnell wieder nach oben.

Während im Saal die halbe Mannschaft den Hitlergruß bei enormem Bierkonsum probte und die teils offen rassistischen Texte der Bands mitgrölte, wurde draußen, aus dem Kofferraum eines Autos heraus, die ganze Palette verbotener Nazi- und Skinhead-CDs verkauft. Die Vertreiber dieser CDs waren von einem „Mitteldeutschen Musikversand“, der erst Jahre später von der Polizei ausgehoben und geschlossen werden sollte. Lediglich ein einziges Polizeifahrzeug war in diskretem Abstand zum Geschehen zu sehen. Die Staatsgewalt schritt bei beiden Konzerten nicht ein und außer dass sich einige Kameraden, wie bei solchen Spektakeln üblich, aus irgendwelchen nichtigen Anlässen untereinander Beulen schlugen, wobei sich meist die Chemnitzer Glatzen besonders hervortaten, gab es keine nennenswerten Zwischenfälle.

Dann nahte der 1. Mai und zu diesem Anlass organisierte die NPD eine Demonstration im Berliner Ostbezirk Marzahn. Unter den rund 600 Demonstrationsteilnehmern befanden sich auch die Mitglieder unserer Kameradschaft. Diese 1.-Mai-Demo der NPD stand unter dem Motto „Gegen System und Kapital, unser Kampf ist national“. Außer dass es aus einigen Häusern der Marzahner Plattenbausiedlung Eier und verfaultes Obst auf uns niederregnete, verlief der Aufmarsch ruhig und ohne Störungen. Erst auf dem Weg raus aus der Stadt kam es zu einem Zwischenfall.

Etwa 200 Neonazis wurden unter Polizeibegleitung mit einem Sonderzug der Berliner S-Bahn in den Süden der Stadt gebracht, von wo aus sie mit dem Zug ihre Heimreise antreten sollten. Als unsere Formation am S-Bahnhof Ostkreuz umsteigen musste, traf zeitgleich eine Gruppe von etwa 50 Autonomen auf dem Bahnhof ein. Es kam zu einer Massenschlägerei, bei der besonders bemerkenswert war, dass die Polizisten gemeinsam mit den Neonazis auf die Autonomen einschlugen und sie vom Bahnhofsgelände jagten. Es war das erste Mal, dass ich erlebte, wie Polizei und BGS gemeinsam mit Neonazis, quasi Hand in Hand, gegen linke Autonome vorgingen. Folgten der 1.-Mai-Demonstration 1996 lediglich 600 Neonazis, so waren es zwei Jahre später bei der zentralen Kundgebung am 1. Mai am Leipziger Völkerschlachtdenkmal bereits 6.000 Skinheads und Neonazis. Das zeigt, welchen Einfluss die NPD innerhalb von zwei Jahren auf die Szene gewinnen konnte.

Ein weiteres Parteierlebnis im Sommer 1996 war der jährliche Kongress der NPD-Jugendorganisation „Junge Nationaldemokraten“ (JN), der in dem Jahr in Leipzig stattfand. Zu diesem JN-Bundeskongress fanden sich 200 Teilnehmer in einem gemieteten Saal am Rande von Leipzig zusammen. Der Kongress sollte zwei Tage dauern und in diesem Zeitraum wurden die Anwesenden mit Vorträgen der verschiedensten NPD- und JN-Funktionäre bombardiert. Ich selbst kann mich nur noch an einen Vortrag des damaligen

JN-Chefs Holger Apfel erinnern, und das auch nur, weil sich sein Vortrag über mehr als drei Stunden hinzog. Die Sache war so langatmig, dass zahlreiche Anwesende ihr Desinteresse durch lautes Gähnen kund taten, und auf Drängen einiger Kameraden beendete Holger Apfel seinen Vortrag, der von „Kaderschulungen“ handelte, vorzeitig. Ansonsten hätte er sich wahrscheinlich nochmal drei Stunden in seinen Ausführungen wiederholt.

Vor dem Saal demonstrierten derweil ein paar Dutzend linke Antifaschisten gegen unsere Versammlung. Die Linken wurden jedoch von Polizeieinheiten sowie den Wurzener Kameraden, die wieder mal als spezielle Schlägertruppe angeheuert worden waren, in Schach und auf Distanz gehalten. Ich kann mich noch entsinnen, wie sich der damalige Landesvorsitzende der Sachsen-NPD, Jürgen Schön, am Schluss des ersten Kongresstages speziell bei den Wurzener Kameraden für die ausgezeichnete Sicherheit, die diese Gruppe garantierte, bedankte. Dies hinderte Schön jedoch nicht daran, uns – das heißt den NPD- und JN-Mitgliedern und engen Freunden – zehn Minuten später den Rat zu erteilen, sich mit den Wurzenern nicht einzulassen und sich von ihnen besser fern zu halten, denn die seien „Glatzen und Chaoten der übelsten Sorte“. Verheuchelte und intrigante Charaktere wie der von Jürgen Schön sind für die Szene genauso typisch wie die bereits bei Thomas Leuteritz erwähnte Verachtung der Führer gegenüber ihrem Gefolge. Selbst der norddeutsche Neonazi-Führer Christian Worch, der sich in der Szene bundesweit eines guten Rufs erfreut, bezeichnete in einem Fernsehinterview aus dem Jahre 1991 seine ostdeutschen Kameraden als „recht brauchbares Menschenmaterial“.

Den Abend des ersten Kongresstages beendeten die Teilnehmer mit einem „gemütlichen Beisammensein“. Das sah so aus, dass man sich beim Bierrausch mit wildesten Partei- und Kameradschaftsgeschichten bei Laune hielt, während irgendein unbekannter Partei-Liedermacher am Rande der Bühne seine Texte trällerte. Wohl aufgrund des enormen Alkoholgenusses am Vorabend erschien die Hälfte der Teilnehmer zum zweiten Kongresstag nicht mehr. Mit den rund 100 verbliebenen Teilnehmern, die von einem gehörigen Kater geplagt wurden und zum Teil einschliefen, begann man, einen neuen JN-Bundesvorstand zu wählen, wobei am Ende jedoch alles beim Alten blieb. Nach einem gemeinsamen Mittagessen wurde der Kongress vorzeitig beendet und die Kameraden traten die Heimreise an – nicht jedoch ohne zuvor in alter Manier die erste Strophe des Deutschlandliedes abzusingen.

Im Sommer 1996 überwarf sich unsere Kameradschaft mit dem bereits erwähnten damaligen Dresdner NPD-Kreisleiter Matthias Paul. Paul, der zwar über die ganze Palette von antisemitischen Verschwörungstheorien Bescheid wusste, jedoch nichts über Tagespolitik oder organisatorische Notwendigkeiten, versuchte, sich mehr und mehr als Übervater unserer Kameradschaft aufzuspielen. Er sowie ein weiterer über 60-jähriger NPD-Funktionär aus Dresden klagten zudem über einen Mangel an Gehorsam und Disziplin gegenüber den Parteichefs. Über diesen Vorwurf vonseiten der damaligen Dresdner NPD-Führung kann ich damals wie heute nur lachen, zumal ich über die disziplinlosen Entgleisungen dieser Führung bestens Bescheid wusste.

Paul verführte in dieser Zeit ein 14-jähriges Mädchen des Dresdner Hauptbahnhofmilieus. Er bangte danach mehrere Wochen aus Angst, dieses Mädchen geschwängert zu haben. Er fürchtete, in diesem Falle von seiner Familie enterbt sowie von der Partei verstoßen zu werden, und saß bereits auf gepackten Koffern, da er sich, wenn eine Schwangerschaft des Mädchens bestätigt werden sollte, selbst zu einem Freund nach Polen in die Verbannung schicken wollte. Die Schwangerschaft bestätigte sich nicht und Paul kam noch einmal mit dem Schrecken davon. Allerdings zog er sich das Gelächter unserer ganzen Truppe zu. Darüber hinaus versoff der damalige NPD-Kreisverbandsschatzmeister im Anschluss an eine „Freundeskreisversammlung" die komplette Kreisverbandskasse und Jahre später sollte der besagte 60-jährige Funktionär, dessen Vorname Rainer mir noch in Erinnerung ist, wegen sexuellen Missbrauchs an Kindern zu einer mehrjährigen Haftstrafe verurteilt werden. Jedenfalls endete nach einem halben Jahr, im Sommer 1996, die Zusammenarbeit zwischen unserer Gruppe und den damaligen NPD-Funktionären von Dresden.

Durch Plakataktionen und Überfälle auf linke Wohngemeinschaften hatten wir bis Ende 1996 den bis dahin als linksalternativ geltenden Stadtteil Pieschen fest im Griff. Die alternative Jugendszene Pieschens zog es vor, an den Wochenenden in die Dresdner Neustadt auszuweichen und das Erscheinungsbild der Pieschener Jugendcliquen war bis Ende 1996 von kahl rasierten Köpfen und Bomberjacken dominiert. Polizei und Staatsanwaltschaft setzten meinem Treiben jedoch ein jähes Ende. Man erließ Haftbefehl gegen mich und im Januar 1997 wurde ich durch einen gezielten Zugriff von Spezialisten der Kriminalpolizei in einer Pieschener Kneipe verhaftet. Den Hinweis auf meinen Aufenthalt bekam die Polizei von einem anderen Pieschener Neonazi, der mich als Konkurrenten wohl nicht länger ertragen konnte und auf dem Weg des „Kameradenverrats" vorzeitig aus dem Rennen ausschieden ließ.

Dennoch vollzog sich meine Verhaftung nicht ohne Gegenwehr, vor allem einige der anwesenden Kameraden versuchten, mich aus den Fängen der Staatsgewalt zu befreien. Ich saß bereits mit Handschellen im Polizeiwagen, als sich noch einige Kameraden auf das Auto stürzten und versuchten, mich wieder aus dem Pkw herauszuziehen. Die Kripo, scheinbar glücklich genug, meiner Person habhaft geworden zu sein, verzichtete jedoch darauf, weitere Verhaftungen vorzunehmen, drängte meine erzürnten Anhänger lediglich vom Polizeiwagen weg und brauste in Windeseile davon, um mich wieder in das bereits vertraute Gefängnis in der Dresdner Schießgasse zu bringen. Die „Kameradschaft Pieschen" löste sich einige Wochen nach meiner Inhaftierung auf und mein Stellvertreter zog sich arg desillusioniert in seine Heimatstadt Kiel zurück. Drei Monate nachdem unser Trupp bereits Geschichte war, wurde unser ehemaliges Pieschener Stammlokal von einem von Linken verübten Brandanschlag heimgesucht und brannte aus. Damit wurde die letzte Erinnerung an unsere Kameradschaft aus Pieschen getilgt und der Stadtteil konnte wieder zur Tagesordnung übergehen.

Nach meiner Verhaftung bekam ich die Quittung für meine Schandtaten, die ich die vergangenen Jahre als Neonazi begangen hatte. Ich wurde wegen mehrfacher gefährlicher Körperverletzung, Verwenden von Kennzeichen verfassungswidriger Organisationen, Hausfriedensbruch sowie zahlreicher Sachbeschädigungen zu einer Jugendstrafe von drei Jahren und sechs Monaten verurteilt, wobei Richter und Schöffen exakt dem Antrag der Staatsanwaltschaft folgten.

Im Februar 1997 wurde ich von der alten Justizvollzugsanstalt in Dresden in das sächsische Jugendgefängnis Zeithain bei Riesa verlegt, in dem ich meine Strafe verbüßen sollte. In Zeithain waren zu der Zeit etwa 250 jugendliche Straftäter im Alter zwischen 14 und 24 Jahren untergebracht. Auch dort war die ganze Palette von Straftätern unter den Inhaftierten vertreten, vom einfachen Autodieb bis hin zum Mörder. Wie schon beim Eintreffen in der JVA Dresden war mir auch in der JVA Zeithain gut die Hälfte der Gefangenen bereits aus den vergangenen Jahren bekannt und ich wurde mit dem schwarzen Humor, der für uns Knackis üblich ist, begrüßt, mit dem Satz: „Es wird aber langsam Zeit, dass du auch mal vorbeischaust." Die Begrüßungen waren unter diesen Umständen herzlich und ich traf auch einige Kameraden, mit denen ich gemeinsam schon so manchen „Feind" gejagt hatte. Nach wenigen Wochen hatte ich mich gut eingelebt und meinen Platz in der Knackigemeinschaft gefunden.

Besonders erfreut, falls man das unter den gegebenen Umständen so sagen kann, war ich, dass ich auf diesem Wege mit Kameraden aus ganz Sachsen zusammenkam. Wenn auch das Potenzial an Skins und Neonazis zu dieser Zeit in der JVA noch gering war, so hatten wir doch eine gute Basis, um für die Zukunft Pläne der Zusammenarbeit zu schmieden. In den folgenden Jahren sollte sich in der JVA weit mehr ergeben, als ich zu Anfang dachte. Als Erstes scharte ich auch hier eine Hand voll Kameraden um mich, die aus verschiedenen sächsischen Städten und Dörfern kamen, und schmiedete den Plan, in der JVA den Grundstein einer eigenen Nazi-Organisation zu legen, die in Zukunft zu einer Art Schaltstelle der ostdeutschen Neonazi-Szene ausgebaut werden sollte. Ich schrieb bereits nach den ersten Monaten meiner Haft eine „programmatische Richtlinie“, in der es dann unter anderem hieß: „Wir haben es uns insbesondere zur Aufgabe gemacht, als überparteiliches Bindeglied zwischen den verschiedensten nationalen Gruppen und Kameraden zu fungieren, um somit eine breite überparteiliche Aktionsfront in Mitteldeutschland mobilisieren zu können“. Die Organisation sollte den Namen „National Aktivistische Vereinigung Mitteldeutschlands“ (NAVM) bekommen. War es zu Beginn noch ein kleines Projekt, das wir erprobten, so sollte diese „NAVM“ in den nächsten Jahren zu einer der Hauptzielscheiben des sächsischen, brandenburgischen und Berliner Verfassungsschutzes werden.

Doch zunächst einmal spielte sich nach einem halben Jahr JVA-Aufenthalt eine unerfreuliche Szene für mich und einen weiteren Gefangenen ab. Ich bekam einen neuen Mitbewohner auf meine Zwei-Mann-Zelle. Dieser neue Zellengenosse war Antifaschist und saß wegen Körperverletzung an zwei Neonazis ein. Ich weiß nicht, was sich das Personal der JVA Zeithain dabei gedacht hatte, zwei so ungleiche Personen über eine nicht gerade kurze Zeitspanne in einem Raum unterbringen zu wollen. Auf jeden Fall protestierte ich aufs Heftigste gegen meinen neuen Mitbewohner. Ich ging zu den JVA-Sozialarbeitern, zum Gefängnispsychologen bis hin zum zuständigen Bereichsleiter, halt einfach zu allen Personen, die dafür zuständig waren, dass dieser Antifaschist in meiner Zelle gelandet war. Ich machte deutlich, dass ein Unglück passieren würde, wenn nicht der Antifaschist oder ich in eine andere Zelle gelegt würden. Vom JVA-Personal bekam ich überall die gleiche Antwort, und zwar, dass das ja gerade die Herausforderung für mich sei, in dieser Situation ruhig zu bleiben. Nun, ich war dieser „Herausforderung“ nach drei Wochen in einem Raum mit dem verhassten Feind nicht mehr gewachsen und verprügelte meinen Zellenkumpanen dermaßen, dass die Gefängnisleitung genötigt war, uns in getrennten Zellen unterzubringen. Natürlich bekam ich eine weitere Strafanzeige wegen gefährlicher Körperverletzung und in der kommenden Verhandlung noch einmal sechs Monate Haft dazu, so dass ich bereits bei einer zu verbüßenden Strafe von vier Jahren angekommen war. Jedoch unterließ es die Gefängnisleitung, mich nochmals mit einer „Herausforderung“ durch ähnliche Mitgefangene auf die Probe zu stellen.

Im Jahr 1998 war meine kleine NAVM auf allen Stationen des Gefängnisses vertreten. Einige Kameraden waren bereits wieder entlassen, gründeten draußen eigene Gruppen, hielten entsprechend unseres Grundprinzips weiterhin guten Kontakt zu uns und versorgten uns mit Adressen und Informationen aus der Szene. So war es mir möglich, im Sommer 1998 Kontakt zu der „Hilfsorganisation für nationale und politische Gefangene“, genannt „HNG“, aufzubauen. Diese wurde 1979 mit dem Ziel gegründet, inhaftierte Neonazis zu unterstützen. Sie führt eine zentrale Liste der inhaftierten Neonazis, mit der Kontakte zu Kameraden in den verschiedensten Gefängnissen vermittelt werden können. Weiter wird dem Häftling auf Wunsch eine Kontaktperson aus der Szene zur direkten Betreuung zugeteilt, die den Kameraden durch intensiven Briefkontakt und regelmäßige Besuche bei Laune halten soll. Es werden auch Anwälte vermittelt, natürlich Anwälte, die mit der Szene sympathisieren oder selbst involviert sind. Außerdem werden dem Inhaftierten Briefmarken geschickt, damit er auch ja Kontakt zu den Kameraden draußen halten kann. In seltenen Fällen werden an völlig mittellose Kameraden auch kleine Geldbeträge oder Lebensmittelpakete ins Gefängnis versendet.

Die HNG ist mit ungefähr 500 Mitgliedern wohl eine der wenigen offen nationalsozialistisch ausgerichteten Organisationen, die die Verbotswelle Anfang der 90er Jahre unbeschadet überlebt haben. Unbestrittene Vorsitzende der HNG ist die mittlerweile 70-jährige Nationalsozialistin Ursel Müller aus Mainz. Unter den Kameraden nennt sie sich desöfteren selbst „die Mutter der Nation“. Kameradin Müller sollte sich von da an für den Rest meiner Haftzeit meiner persönlichen politischen Betreuung widmen.

Ich bekam von ihr Kontakte zu Neonazis in zahlreichen Bundesländern und auch zu so genannten Kerkerkameradschaften, wie unsere bis dahin eine war. In den nächsten beiden Jahren konnte ich über die HNG auch zahlreiche Kontakte zu ausländischen Neonazi-Gruppen aufbauen. Freilich versuchte die JVA-Leitung, den inzwischen regen Briefverkehr unserer

Gruppe mit zahlreichen Neonazis in anderen Knästen und nach draußen zu unterbinden, indem uns einfach die eingehende Post nicht ausgehändigt oder unsere ausgehende Post beschlagnahmt wurde. Da aber jede Woche Gefangene aus der JVA entlassen wurden, reagierten wir auf die Maßnahme der Gefängnisleitung einfach, indem wir unsere Post den Entlassungskandidaten mit in die Außenwelt gaben. Wir ließen ein Postfach in Görlitz einrichten, in das die gesammelten Werke unserer eingehenden Post flossen, die dann von einem Kameraden von draußen bei seinen regelmäßigen Besuchen in das Gefängnis geschmuggelt wurden. Auch wenn dieses System perfekt funktionierte, so wurde die Sache für uns doch Anfang 1999 wieder wesentlich einfacher.

Eine JVA-Angestellte, die schon einige Zeit mit unserer Gruppe sympathisierte, erklärte sich in einem der vielen persönlichen Gespräche, die ich mit ihr führte, bereit, uns zu unterstützen. So kam es, dass wir einiges an Post einfach über sie abwickelten. Zudem sendeten Kameraden von draußen Unmengen an Neonazi-Zeitschriften, Tonträgern mit Skinhead-Musik und sonstige Propaganda an die Privatadresse dieser Vollzugsangestellten und sie übergab mir die bei ihr eingehenden Propagandamaterialien regelmäßig in meiner Zelle. Dieses Material sollte zum Teil noch Jahre später im Gefängnis von Neonazi zu Neonazi herumgereicht werden und vor allem die hasserfüllten Texte der Skinhead-Musik erfüllten die Kameraden hinter Gittern mit neuem Durchhaltewillen. Es war keine Seltenheit, dass sich zu dieser Zeit der harte Kern unserer NAVM mit bis zu 20 Personen beim Hofgang zur Lagebesprechung einfand. Auf den verschiedenen Stationen wurden Kameradschaftssitzungen abgehalten und Vorträge zur Schulung und Gesinnungsfestigung der Kameraden durchgeführt. Zeit dazu hatten wir ja alle genug.

Im Herbst 1998 standen neben der Bundestagswahl noch die sächsischen Kommunalwahlen an und wir entschieden uns, geschlossen zur Briefwahl anzutreten, um die NPD vor Ort zu unterstützen. Auch wenn ich sowie einige andere Kameraden gegenüber der NPD arg gemischte Gefühle hatten, so war diese Partei für uns trotzdem die einzige Alternative auf dem

Wahlschein. Für meinen persönlichen Kleinkrieg mit der JVA-Leitung ließ ich mir eine ganz besondere Provokation einfallen. Ich forderte von den Geschäftsstellen der CDU, SPD, FDP, PDS und zu guter Letzt der NPD Informationsmaterial an. Wie ich erwartet hatte, wurden mir die Infobroschüren sämtlicher Parteien ausgehändigt außer denen von der NPD. Zur Begründung gab man mir zu verstehen, dass NPD-Propaganda nicht gut für mein „Vollzugsziel" sei und „die Sicherheit und Ordnung der Anstalt gefährde".

Zum Schrecken der Anstaltsleitung zog die NPD bei den Kommunalwahlen mit knapp 14 Prozent ins Riesaer Stadtparlament ein, das für unseren Distrikt zuständig war. Ich schrieb daraufhin eine Beschwerde an den zuständigen NPD-Stadtrat von Riesa, in der ich mich beklagte, dass von der JVA-Leitung der NPD-Wahlkampf behindert werde, indem uns sämtliche Informationen über diese Partei einfach nicht ausgehändigt würden. Der neue NPD-Stadtrat ließ nicht lange auf sich warten und stand eine Woche später mit einer ganzen Kiste voll NPD-Propaganda vor den Toren unseres Gefängnisses. Er sollte nicht gehen, bevor er die Anstaltsleitung gesprochen und ihr die Propagandakiste übergeben hatte, mit der klaren Instruktion, das gesamte Material an mich auszuhändigen. Am nächsten Tag wurde ich zum Gefängnisleiter gerufen, der mir kleinlaut das auf seinem Schreibtisch gestapelte Propagandamaterial übergeben musste. Ich erinnere mich noch, wie er arg verzweifelt an mich appellierte, ich solle doch bitte dieses Material für mich persönlich verwenden und nicht im ganzen Hafthaus verteilen. Ich hatte meinen persönlichen Triumph über den Gefängnisleiter errungen und natürlich verteilte ich die NPD-Propaganda ganz offiziell beim Hofgang, so dass sie sich im ganzen Haus wiederfand. Zahlreiche Zellen waren von nun an mit NPD-Plakaten dekoriert, ohne dass sich das Personal traute, nochmals etwas zu beschlagnahmen.

Im März 1999 las ich in einer Tageszeitung das erste Mal über eine weiße Rassistenorganisation in Südafrika mit dem Namen „Afrikaner Widerstandsbewegung" (AWB). Ich war von dem Bericht so angetan, dass ich beschloss, eine kleine Teilorganisation der NAVM zu gründen, die sich hauptsächlich dem Thema „Weiße in Südafrika“ widmen sollte. Ich gab dieser speziellen Gruppe den harmlosen Tarnnamen „Arbeitsgemeinschaft Südland“. Neben mir arbeiteten zu dem Zeitpunkt vier weitere Kameraden in dieser „AG-Südland“ mit. Es gab noch kein Programm, aber die anfängliche Aufgabe meiner AG sollte die Informierung der Szene über die Geschichte der Weißen in Südafrika sein und der Versuch, Kontakte zu dortigen Kameraden aufzubauen.

Ich verfasste eine Schrift mit dem Titel „Die Buren“, die leicht verständlich die Geschichte der weißen Südafrikaner von 1652 bis 1994 aufzeigte. Beim Aufbau von Kontakten nach Südafrika konnte mir allerdings auch die HNG nicht behilflich sein, aber in den in meiner Zelle angesammelten Nazi- und Skinhead-Broschüren fand ich nach einigem Suchen die Anschrift einer „Deutschen Büchergilde Kapstadt“. Nach kurzer Zeit stand dann auch der Kontakt zwischen mir und den Kameraden dieser „Büchergilde“, auf die ich später noch ausführlich zu sprechen komme.

Im August 1999 sah es so aus, dass meine NAVM bereits mehr als 50 Knackis für die Szene rekrutiert hatte. Wurde einer entlassen, um für unsere Sache draußen aktiv zu werden, so stand bereits ein Neuankömmling im Gefängnis als Rekrut bereit. Ich hatte bundesweite sowie zahlreiche Auslandskontakte aufgebaut, die ich den Kameraden weiter vermittelte. Ich machte aus der JVA Zeithain eine solche Art von Gefängnis, wie man es später in den Medien als „rechtsradikalen Durchlauferhitzer“ bezeichnete.

Und was unseren Durchlauferhitzer anging beschäftigten wir uns zusätzlich mit dem Verkauf von Haschisch, das Geld spendeten wir u.a. Mitarbeitern der HNG und obwohl man unter vorgehaltener Hand wusste, dass dieses Geld aus dem Verkauf von Drogen erwirtschaftet wurde, hatte niemand moralische Bedenken, seine Kasse mit diesen Geldern aufzubessern.

In politischen Diskussionen mit Sozialarbeitern, Psychologen und Beamten war ich so schlagkräftig geworden, dass mir keiner des Personals das Wasser reichen konnte. Je mehr die Beamten Druck auf mich auszuüben versuchten, umso mehr wurde ich hinter den Gefängnismauern politisch aktiv. Mittlerweile kannte ich das Strafvollzugsgesetz weit besser, als das

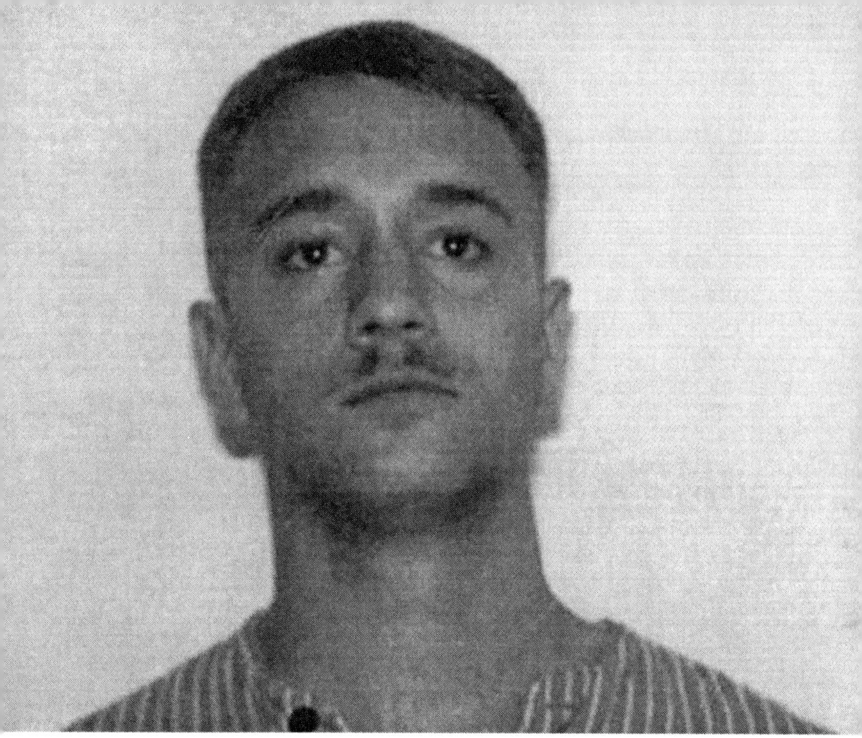

Nick Greger in der Justizvollzugsanstalt Zeithain bei Riesa

Personal es kannte, und ich möchte einfach mal behaupten, dass die Zeit gekommen war, in der man meine Anwesenheit im Gefängnis einfach nicht mehr ertragen konnte. Man wollte wieder Ruhe in die Anstalt bekommen, zumal auch das Gefängnispersonal durch meine ständigen Provokationen stetig an Prestige gegenüber den anderen Knackis verlor. Nachdem ich im September 1999 exakt Zweidrittel meiner Strafe verbüßt hatte, nutzte man diese Gelegenheit, mich vorzeitig aus der Haft zu entlassen, und obwohl ich alles andere als ein Mustergefangener war, wurde das letzte Drittel meiner Strafe, das heißt ein Jahr und vier Monate, zu zwei Jahren auf Bewährung ausgesetzt.

Es ist ein Fakt, dass das Personal in Gefängnissen völlig überfordert ist, wenn es um Politikangelegenheiten oder den Umgang mit inhaftierten Neonazis geht. Ich jedenfalls war nach zwei Jahren und acht Monaten Jugendknast alles andere als „umerzogen", im Gegenteil, als gereifter Neonazi, mit unzähligen Kontakten ausgestattet, wurde ich politisch hoch motiviert in die Freiheit entlassen.

Bereits drei Tage nach meiner Entlassung fand die erste offizielle Versammlung meiner NAVM in Görlitz statt. Ein Görlitzer Neonazi stellte uns für diesen Zweck sein Lokal, in dem sich bis dahin wöchentlich der örtliche NPD-Kreisverband mit einer Hand voll Mitgliedern traf, zur Verfügung. Zu dieser ersten Versammlung wurden Vertreter meiner NAVM aus Sachsen eingeladen, um somit die Arbeit unserer Gruppen im Bereich Sachsen besser koordinieren zu können und unsere Strukturen für die Zukunft zu straffen. Meiner Einladung folgten knapp 40 NAVM-Aktivisten, unter anderen Vertreter aus Leipzig, Bautzen, Dresden, Hoyerswerda, Zittau, Riesa und Görlitz.

Um die ganze Sache zu beleben, dekorierten wir das ganze Lokal mit allerhand schwarz-weiß-roten Fahnen und anderen von Neonazis verwendeten Flaggen. Nachdem wir einige NAVM-Aktivisten, die sich noch nicht untereinander kannten, miteinander bekannt machten, hielt ich zwei Vorträge, von denen einer von Judentum und Zionismus handelte und der andere Strategien und Taktiken zum Aufbau unserer NAVM-Strukturen beinhaltete. Im Anschluss wurde eine Adressliste der Teilnehmer erstellt, die jedem einzelnen Mitglied ausgehändigt wurde, damit die Kameraden künftig untereinander Kontakt halten konnten. Die anwesenden Kameraden waren allesamt begeistert von dieser ersten NAVM-Veranstaltung und der Eigentümer des Lokals meinte völlig euphorisch, so etwas habe er ja noch nie erlebt.

Bevor man sich zu später Stunde dann dem im Anschluss an solche Versammlungen üblichen Besäufnis hingab, wurde abschließend natürlich die erste Strophe des Deutschlandliedes gesungen und anders als bei der NPD war es bei unserer NAVM auch gestattet, ja sogar gern gesehen, dass der Hitlergruß zelebriert wurde. Bis zum Juni 2000 fanden noch zahlreiche NAVM-Versammlungen in den gleichen Größenordnungen, vor allem in Sachsen, Brandenburg und Berlin, statt. Wir machten auch einen Plan, wie man neben Spenden und Mitgliedsbeiträgen weitere Finanzen in die NAVM-Kasse bekommen könnte. So wurde ein kleiner Versandhandel im Rahmen der NAVM gegründet, über den die Kameraden vor allem alte

Nick Greger und die "National Aktivistische Vereinigung Mitteldeutschlands" (NAVM) in Görlitz 1 SS Koppel (Gürtel) 2 SS Hemd mit Reichsadler 3 Polohemden "Lonsdale" 4 SA Hemd mit schwarzem Schlips und Sturmriemen 5 Reichsfahne

Propagandafilme aus der NS-Zeit wie „Jud Süß“, „Der ewige Jude“ und „SA-Mann Brandt“ beziehen konnten. Wir richteten dazu ein zentrales Archiv in Berlin ein. Unser kleiner Propaganda-Vertrieb bekam den Namen „Wehrwolf Versand“ und in den folgenden Monaten bestellten Neonazis aus allen Teilen der Republik bei uns die in der Szene äußerst begehrten alten NS-Filme.

Im Oktober 1999 war es dann soweit, dass wir neben den politischen Versammlungen und Koordinierungstreffen der NAVM auch ein rechtsradikales Konzert organisierten, um auf diesem Wege weitere Kreise der Neonazi-Szene in unser Netzwerk einbinden zu können. Da wir zu diesem Zeitpunkt in Ostsachsen die beste Logistik besaßen, beschlossen wir, das Konzert im Görlitzer Raum zu organisieren. Ich mobilisierte drei Skinhead-Bands und ein Görlitzer Kamerad organisierte die Räumlichkeiten in einer Görlitzer Gastwirtschaft. Im Vorfeld streuten wir jede Menge Falschinformationen über den Veranstaltungsort, so dass Staatsschutz und Polizei die entlegensten Winkel in Ostsachsen aufsuchten, um unser Konzert zu sprengen. Währenddessen startete unser Konzert in einer Gastwirtschaft mitten in der Görlitzer Innenstadt. Zwar waren die aufspielenden Skin-Bands mit Namen wie „Odessa“, „Frontschwein“ und „Sturm und Drang“ nicht gerade Publikumsmagneten, aber es fanden sich dennoch weit mehr als 200 Skinheads und Neonazis zu dem von uns organisierten Spektakel ein. Neben den zwölf Mark Eintritt pro Person hatten wir Einnahmen durch den Verkauf zahlreicher Videos aus unserem Versandbestand, was unsere Kasse fürs Erste besser aussehen ließ und uns die Grundlage für spätere Propaganda-Einsätze bot. Mitglieder unserer NAVM stellten den Ordnungsdienst und leisteten ganze Arbeit. Das Konzert zog sich bis nachts um drei Uhr hin. Der Mob war begeistert und wir bekamen in der Nacht nicht eine einzige Polizeistreife zu Gesicht. Es war das erste Konzert, bei dem ich keine Schlägerei unter den Kameraden erleben musste. Für den Ruf der NAVM in der Szene war es ein voller Erfolg. Dennoch sollte es bei diesem einen „Gig“ in Görlitz bleiben. In der Folgezeit organisierte ich allerdings eine ganze Reihe kleinerer „Liederabende“ in Görlitz, Cottbus und Berlin mit jeweils um die 25 Zuhörern. Ich gab hierbei neben in der Szene bekannten Liedermachern auch so genannten Neulingen die Möglichkeit, sich vor Publikum einen Namen zu machen, indem sie mit Gitarre ihre Nazi-Lieder runterspielen konnten. Durch all diese Aktionen, mit denen unsere NAVM durchstartete, wurde die Arbeit meiner „AG-Südland“ etwas vernachlässigt und ich beschloss, im November 1999 selbst eine Reise ans Kap der Guten Hoffnung anzutreten, um mir ein konkretes Bild von den Vorgängen in der Republik Südafrika machen zu können.

Mitte November 1999 landete ich dann auf dem internationalen Flughafen in Kapstadt und wurde von einem langjährigen Mitglied der bereits erwähnten „Büchergilde“ in Empfang genommen. Sein Name war Doktor Heinz G. Migoed, ein Nazi vom alten Schlag, der sich selbst als ehemaliger Offizier der deutschen Luftwaffe im Zweiten Weltkrieg ausgab und seit Jahrzehnten in Südafrika lebte. Es sollte sich schnell herausstellen, dass Migoed der Kopf der „Büchergilde“ war. Ich möchte einen kleinen Exkurs dazu machen, was es mit dieser Gruppe auf sich hat.

Es sieht so aus, dass sich in Kapstadt rund 25 alte Nazis, die teilweise nach Ende des Zweiten Weltkrieges, teilweise etwas später, abgetaucht sind, in einer Gruppe unter dem harmlosen Namen „Deutsche Büchergilde Kapstadt“ organisiert haben. Neben ehemaligen SS-Mitgliedern befinden sich in dieser Gruppe auch ehemalige Gestapo-Angehörige sowie ein paar Frauen, die im Dritten Reich höhere Positionen beim „Bund Deutscher Mädel“ (BDM) oder der „Deutschen Frauenschaft“ innehatten. Die Gruppe verfügt über die besten Kontakte in der bundesdeutschen Neonazi-Szene sowie auch international zu Nazi-Gruppen rund um den Globus. Weiter arbeitet die „Büchergilde“ mit so genannten Geschichtsrevisionisten zusammen, unter ihnen auch der berüchtigte Holocaust-Leugner Ernst Zündel aus Kanada. Zündel machte Anfang der 90er Jahre auf sich aufmerksam, als er 30.000 US-Dollar an einen ehemaligen SS-Wachmannschaftsoffizier von Auschwitz bezahlte, damit dieser ein Buch schreibt, in dem die Existenz von Gaskammern und Massenvernichtung im Nationalsozialismus bestritten werden. Dieses Buch mit dem Titel „Die Auschwitz-Lüge“ sollte fortan zur Pflichtlektüre für fortgeschrittene Neonazis werden. Auch die Mitglieder der „Büchergilde“ haben sich dem Revisionismus verschworen. Sie erstellen Pamphlete, in denen mit wildesten Thesen und Geschichten versucht wird, die „Kriegsschuldfrage“ neu aufzurollen, Auschwitz und die Judenvernichtung zu leugnen oder eben einfach nur Adolf Hitler und das Dritte Reich lobzupreisen.

In Deutschland wären die Mitglieder dieser „Büchergilde“ schon längst für Jahre im Gefängnis verschwunden, da sie in all ihren Schriften gegen den

„Volksverhetzungsparagrafen" des Strafgesetzbuches verstoßen. In Kapstadt jedoch können die alten Kameraden unbehelligt von staatlichen Repressalien und fern von bundesdeutschen Geheimdiensten agieren und an ihren Schriften basteln, die dann über den Postweg von Kapstadt aus in den zahlreichen Postfächern der deutschen Nazigruppen landen und von diesen wiederum zur „Schulung" bei Kameradschaftssitzungen vorgetragen werden. Diese Gruppe unterstützte auch den verurteilten und bundesweit bekannten Rechtsterroristen Manfred Roeder, der damals einmal mehr wegen „Volksverhetzung" im Gefängnis saß.

Da aufgrund des teilweise recht hohen Alters der Mitglieder dieser „Büchergilde" die Gruppe langsam aber sicher schrumpfen wird, hat man es sich zur Aufgabe gemacht, unter den jungen Buren in der Provinz Westkap Nachwuchs heranzuziehen. Inspiriert von der „Büchergilde" gründeten junge Buren eine „Wiking-Gruppe Kapstadt". Neben der ideologischen Indoktrination werden diese jungen Männer nach alter SS-Tradition von den Mitgliedern der „Büchergilde" ausgebildet. Die militärischen Übungen werden in regelmäßigen Abständen auf einer Farm unweit von Kapstadt abgehalten. Auf dieser Farm werden von „Büchergilde" und „Wiking-Gruppe" neben der Führer-Geburtstagsfeier am 20. April auch Sonnenwendfeiern organisiert. Seit Jahren bemüht sich die „Büchergilde", Gruppen von deutschen Neonazis am Kap militärisch ausbilden zu lassen. Dieses Vorhaben scheiterte allerdings meist an der schlechten Finanzlage der bundesdeutschen Kameraden. Ich selbst konnte bei diesem ersten 14-tägigen Besuch in Westkap nicht nur Kontakte zu den Mitgliedern der „Büchergilde" und der neonationalsozialistischen „Wiking-Gruppe" aufbauen. Ich bekam auch die gewünschten Kontakte zur AWB* vermittelt, was zur Folge hatte, dass ich im Rahmen meiner Tätigkeit für die „AG-Südland" eine weitere Broschüre mit dem Titel „AWB – Der Kampf einer weißen Widerstandsbewegung" verfassen konnte, in der ich der deutschen Neonazi-Szene konkrete Einblicke in die AWB vermitteln konnte.

Kurz nach meiner Rückkehr nach Deutschland entbrannte in der „Büchergilde" ein erbitterter Führungsstreit. Grund war, dass Migoed zunehmend

*AWB = Afrikaner Widerstandsbewegung

Mitglieder der "Wiking-Gruppe Kapstadt" **1** Plakat Waffen-SS mit doppelter Sig-Rune **2** roter Hammer und rotes Schwert auf schwarzem Tuch ("Nationaler Widerstand") **3** Wehrmachtsmütze **4** Wehrmachtskappe **5** Uniform der Wehrmacht nachempfunden mit Eisernem Kreuz und Ärmelband "SS-Division Wiking" **6** Werbeplakat der norwegischen Waffen-SS **7** gerahmtes S/W-Portrait (sepia) eines SS-Soldaten **8** Reichskriegsflagge als Tischtuch **9** gerahmte Zeichnung Heinrich Himmlers **10** Schusswaffe lang **11** Tarnjacke

Schwierigkeiten mit seinen Augen bekam und die unzählige Post der „Büchergilde" nicht mehr bearbeiten konnte. Nun drängte sich ein anderes Mitglied der Gruppe an die Spitze. Auch dieser Kamerad war mir bereits durch meinen Kapstadtbesuch gut bekannt, ein in Wien ansässiger Österreicher, dessen Name Oskar Breslauer lautete. Breslauer pendelte alle sechs Monate von Wien nach Kapstadt und gab sich selbst bei den Kameraden als ehemaliger Angehöriger der „SS-Division Wiking" aus. Nachdem ein anderes Mitglied der „Büchergilde" Recherchen über den hervorstrebenden Breslauer eingeleitet hatte, kam ans Tageslicht, dass Oskar Breslauer zum Kriegsende 1945 gerade mal 15 Jahre alt war und somit unmöglich SS-Angehöriger gewesen sein konnte. Breslauer heuerte im Gegenzug einen jungen Kriminellen an, mit dem er den unliebsamen Kontrahenten in seiner Kapstadter Wohnung aufsuchte. Breslauer bedrohte seinen ehemaligen Kameraden mit einer Pistole und versuchte, von ihm eine umfangreiche Liste mit Adressen von deutschen Neonazis zu erpressen. Später kam heraus, dass Breslauer mit Juden aus Kapstadt befreundet war, weswegen die Vermutung aufkam, dass Breslauer ein Agent des Mossad (des israelischen Geheimdienstes) und selbst ein Jude sei. Dies würde auch erklären, warum er so versessen auf die Adressenliste mit Hunderten von Namen deutscher Neonazis sowie Nazis weltweit war.

Durch diese interne Auseinandersetzung wurde die Mitgliederzahl der „Büchergilde" zwar etwas kleiner, aber die Gruppe ging daran nicht zugrunde und ist auch heute noch in alter Manier aktiv.

Im Dezember 1999, also drei Monate nach meiner Haftentlassung, sah es so aus, als ob meine NAVM zwar nicht der Dreh- und Angelpunkt der ostdeutschen Neonazi-Szene geworden war, aber wir hatten es dennoch geschafft, die NAVM zu einer nicht gerade unbedeuteten Schaltstelle der bundesdeutschen wie auch der internationalen Nazi-Szene zu machen. Wir hatten inzwischen eigene Gruppen in allen ostdeutschen Bundesländern und eine ganze Anzahl Mitglieder in den westdeutschen Bundesländern. Insgesamt – unseren „Wehrwolf Versand" mit eingeschlossen – waren in unserer NAVM nun mehrere Skinhead-Bands, eine Hand voll nationaler Liedermacher und mehr als 200 Skinheads und Neonazis. Weiter standen wir in gutem Kontakt mit Neonazi-Gruppen in den USA, Kanada, Mexiko, Argentinien, Belgien, Dänemark, Österreich, Australien, Neuseeland und natürlich Südafrika.

Da meine Tätigkeiten vom Staat nicht unbemerkt blieben, rückte ich mehr und mehr ins Visier des Verfassungsschutzes und wie sich später herausstellte, setzte man im März 2000 einen Agenten dieses Geheimdienstes auf meine Fährte an, was schließlich im Juni 2000 mit meiner erneuten Inhaftierung enden sollte. Aber der Reihe nach. Zuerst trat ich im Januar 2000 mit einer relativ jungen Neonazi-Organisation, deren Name „Kampfbund Deutscher Sozialisten" (KDS) ist, in Verbindung.

Chef des KDS ist der weitgehend bekannte Neonazi-Aktivist Thomas Brehl. Brehl ist nunmehr seit über 25 Jahren in der Nazi-Szene aktiv, in den 80er Jahren war er zeitweise als Stellvertreter Michael Kühnens in führender Position. Als Kühnen 1991 starb, mutmaßlich an den Folgen einer AIDS-Infektion, zog sich Brehl aus der Szene zurück. Er blieb jedoch politisch nicht inaktiv, sondern verbrachte die folgenden Jahre damit, Artikel für rechtsextreme Blätter zu schreiben sowie eigene Hetzbroschüren zu verfassen. Anfang 1999 äußerte er in einem Interview, „dass er sich notfalls mit dem Teufel verbünden würde, um Deutschland zu retten".

Nun, der Teufel sollte sich zwar nicht zu Wort melden, dafür aber erhörte ein gewisser Michael Koth aus Berlin Brehls Hilfeschrei. Der im Ostberliner Stadtteil Weißensee ansässige Koth ist ein einmaliges SED-Mitglied und war bis 1995 in führender Position in der ostdeutschen „Kommunistischen Partei Deutschlands" (KPD) tätig, aus der er schließlich wegen zunehmender „nationalbolschewistischer Agitation" ausgeschlossen wurde. Koth reiste also zu Besuch in Brehls Heimatstadt Langen*, um ihm den Vorschlag zu unterbreiten, eine gemeinsame Organisation zu gründen, in der man versuchen wollte, „linke wie rechte revolutionäre Kräfte zu bündeln", um sie im Kampf gegen das „kapitalistische und multikulturelle BRD-Regime" einzusetzen. Das Ergebnis war, dass die beiden am 1. Mai 1999 mit rund einem Dutzend Gefolgsleuten den KDS gründeten.

Meiner Meinung nach haben Brehl und Koth lediglich eines gemeinsam, und das ist ein ausgeprägter Sinn für Humor. Viele aus der Szene sind der Meinung, dass der KDS mit seinem Vorhaben, Linke und Rechte im Kampf gegen das BRD-System vereinen zu wollen, bereits ein einziger Witz sei, aber das ist nicht das, was ich mit Humor meine. Brehl besitzt das, was man früher wohl mal einen ausgeprägten Schützengrabenhumor nannte. Im Vergleich dazu ist Koth wohl eher als Politclown zu bezeichnen.

Eine besonders autoritäre Ausstrahlung haben weder Koth noch Brehl, dafür sind sie aber im Vergleich zu anderen Führern noch relativ menschlich geblieben und bemühen sich oftmals im Sinne von Sozialarbeitern um ihre Gefolgsleute, um sie von Straftaten abzuhalten. Ich weiß allerdings nicht, ob das wirklich gut gemeint ist oder einfach nur politisches Kalkül darstellt, weil es sich die beiden nicht leisten können, ihre paar Anhänger durch Inhaftierungen einzubüßen. Vom Zwischenmenschlichen her gesehen war mir der ehemalige Kommunist Koth viel sympathischer als Brehl. Brehl hatte einen unglaublichen Drang zur Selbstdarstellung, gepaart mit enormer Geltungssucht, was ihn oftmals weit komischer als Koth wirken ließ. Mal bastelte sich Brehl einen Briefkopf in Form eines Reichsadlers, der in seinen Klauen die Initialen von Brehl hielt, ein andermal ließ er sich von seinen Kameraden ein Videoband zusammenschneiden, das ein paar Nachrichtenberichte, meist aus den 80er Jahren, beinhaltete, in denen Brehl zu sehen war und dem er dann auch noch den hochtrabenden Titel „Thomas Brehl – Bilder aus dem Leben eines politischen Revolutionärs" gab.

*Bundesland Hessen

"Die Führung des KDS im alten Hauptgefechtsstand"

Brehl ließ es genau wie auch Koth bei keiner Gelegenheit aus, zu berichten, wo er überall dabei gewesen sei und was er alles schon geleistet habe.

Im Vergleich zu Koth hat man Brehl die vergangenen Jahre allerdings weniger in der Öffentlichkeit gesehen. Er belässt es meist dabei, die Aktionsberichte der anderen entgegen zu nehmen, während Koth sich trotz seiner knapp 50 Jahre nicht zu schade ist, nachts durch Berlin zu geistern, um seine KDS-Plakate zu verkleben. Oder wie vor ein paar Jahren, als Koth im Alleingang am Rande der jährlichen „Rosa-Luxemburg-Gedenkdemonstration“ in Berlin seinen eigenen Infostand aufbaute und versuchte, neben so genannter nationalbolschewistischer Lektüre auch revisionistische Schriften an die autonomen und antifaschistischen Demonstrationsteilnehmer zu verkaufen. Die Antifas zeigten sich von Koths Pamphleten jedoch wenig begeistert und so endete diese Aktion für Koth damit, dass ihm sein eigener Infostand um die Ohren gehauen wurde.

Solche „Rückschläge“ scheinen Koth jedoch wenig zu beeindrucken und auch so etwas wie Angst vor dem politischen Gegner ist ihm fremd, was schon allein seine erwähnte „Infotisch-Aktion“ belegt. Ich jedenfalls kenne keinen weiteren Neonazi, der im Alleingang zu einer linksautonomen Demonstration gehen würde, um dort Neonazi-Propaganda zu verteilen. Auch wenn ich Koth als Politclown bezeichne und die meisten, die ihn einmal kennen gelernt haben, wohl meine Ansicht teilen, so sollte Koth dennoch nicht unterschätzt werden. Er ist der einzige KDS-Aktivist, der es in der Vergangenheit geschafft hat, die Zielsetzung dieser Organisation zumindest zu einem kleinen Teil in die Tat umzusetzen. Wenn er in Berlin ein Treffen einberuft, so finden sich meist um die 40 Teilnehmer zusammen, die unterschiedlicher nicht sein könnten. Es sitzen dann ehemalige SA-Angehörige neben ehemaligen Mitgliedern des Rotfrontkämpferbundes, NPD-Aktivisten neben PDS-Aktivisten, Linksintellektuelle neben rechten Skinheads. Diese ungleichen Teilnehmer schmieden dann gemeinsam an dem Plan, einen „dritten Weg“ zwischen Kommunismus und Nationalsozialismus zu finden, um letztendlich ein Programm zu schaffen, mit dem es einmal möglich sein soll, linke wie rechte Revolutionäre auf einen Nenner zu bringen.

Sozialarbeiter, die bereits in der Vergangenheit schon oft genug versucht haben, Linke und Rechte zu Gesprächen an einen Tisch zu bringen, mussten die Erfahrung machen, dass solche Versuche meist im Chaos endeten und würden staunen, wenn sie sehen könnten, wie sich bei Koth die ungleichen Paare friedlich beim gemeinsamen Bier gegenseitig annähern. Auch wenn bei diesen Versammlungen bisher wenig Konstruktives zustande gekommen und freilich arg zu bezweifeln ist, dass der KDS in Zukunft eine Art Massenzulauf bekommt, so sollte das Gewicht dieser Organisation in der rechten Szene dennoch nicht unterschätzt werden. Hatte ich bei meinem Eintritt in den KDS Anfang 2000 die Mitgliedsnummer 16, so hat es der KDS mittlerweile unter emsiger und geduldiger Arbeit erreicht, um die 120 Mitglieder in seinen Reihen zu vereinen, und das Sympathisantenumfeld dürfte nochmals um einiges größer sein.

Brehl verfügt über beste Kontakte in der internationalen NS-Szene und durch Koth kommen langjährige Kontakte zur venezolanischen, nordkoreanischen, chinesischen und zeitweise auch zur irakischen Botschaft beziehungsweise zum Konsulat hinzu. Wie es den KDS-Strategen gelingt, dass diese groteske Zusammensetzung in diesem Netzwerk zusammenarbeitet, kann man simpel gesagt folgendermaßen erklären: Man ist „vereint im Feind". Auch der bereits erwähnte Neonazi-Führer Christian Worch sowie der in Berlin stadtbekannte und nach wie vor aktive Neonazi Arnulf Priem befinden sich im Umfeld des KDS. Nach Brehls Angaben soll sich auch der bundesweit bekannteste Neonazi-Liedermacher, Frank Rennicke, zum Freundeskreis des KDS zählen und als Beweis seiner Loyalität soll Rennikke sogar Träger des „Michael-Kühnen-Ehrenabzeichens in Gold" sein.

Ich selbst verband mit meinem Eintritt in den KDS das Ziel, auf diesem Wege weit reichende Kontakte für unsere NAVM-Arbeit erschließen zu können, ohne mich zu der Zeit selbst nennenswert für den KDS zu engagieren.

Zu diesem Zeitpunkt bekam ich von der Chefin der HNG, Ursel Müller, mit der ich auch nach meiner Haftzeit noch gut in Verbindung stand, einen Kontakt zu Gary Lauck vermittelt. Lauck ist US-Staatsbürger deutscher Abstammung und gründete 1977 eine Organisation mit dem Namen

NSDAP/AO. Das „AO“ soll für Auslands- beziehungsweise Aufbauorganisation stehen. Die NSDAP/AO ist der weltweit größte Vertreiber von NS-Propaganda.

Lauck agiert aus den USA heraus und versendet sein Material ähnlich wie die „Deutsche Büchergilde Kapstadt“ auf dem Postweg an die deutsche NS-Szene. Die NSDAP/AO gibt des Weiteren eine Monatszeitschrift mit dem Namen „NS-Kampfruf“ heraus. Diese Hetzschrift erscheint mittlerweile in 14 Sprachen und neben den üblichen NS-Propaganda-Artikeln wird darin hauptsächlich für die von Lauck vertriebenen NS-Devotionalien geworben. Von da an bezog auch ich monatlich den „NS-Kampfruf“ sowie die berüchtigten Hakenkreuzaufkleber der Organisation und ließ das Material zum Zweck einer weiteren Radikalisierung in die NAVM-Arbeit einfließen.

Im März 2000, ich war inzwischen nach Berlin-Treptow umgezogen, nahm ich an einer von vielen NPD-Veranstaltungen im Raum Berlin/Brandenburg teil. Man fand sich diesmal mit 80 Kameraden in einer Gastwirtschaft im brandenburgischen Dannenreich zusammen. Ein Anlass für mich, bei dieser Veranstaltung zu erscheinen, war, dass Christian Worch als Redner auftrat und ich so die Gelegenheit eines persönlichen Gesprächs mit Worch bekam. Ich wusste von Ursel Müller, dass sie von Worch schon einige Jahre überhaupt nichts hielt, und aus Gesprächen mit ihr erfuhr ich von den Querelen in der Nazi-Führung. So bezichtigte Ursel den norddeutschen Nazi-Chef der Homosexualität und versuchte, ihre eigene Position in der Szene hervorzuheben, indem sie sagte, dass sie schon NS-Politik betrieben habe, als Worch noch „in die Windeln schiss". Als ich Worch in Dannenreich fragte, was er denn von Ursels Worten halte, war der nicht etwa in Zorn versetzt, sondern entgegnete souverän, dafür werde er noch NS-Politik betreiben, „wenn Ursel wieder in die Windeln scheiße", womit er nicht ohne eine ordentliche Portion Zynismus auf das hohe Alter der Kameradin Müller anspielte.

Da Worch wie auch Brehl zum engsten Umfeld des verstorbenen Nazi-Führers Michael Kühnen gehörten, ergab sich für mich auch die Gelegenheit, einen weiteren ehemaligen Kühnen-Getreuen nach der wahren Todesursache des einstigen Chefs zu fragen. Da ich im Laufe der Jahre die verschiedensten Geschichten über Kühnens Ableben gehört hatte, hoffte ich nun, konkreten Aufschluss über den Tod des einstigen Idols meiner jungen Jahre in Wunsiedel zu erhalten. Auch wenn Worchs Version ebenfalls nicht befriedigend ausfiel, so war seine Story doch mit Abstand die originellste von allen. Nach Worchs Angaben flüchtete Kühnen aufgrund eines gegen ihn ergangenen Haftbefehls im Jahre 1984 oder 1985 nach Frankreich, was soweit auch offiziell bestätigt werden kann. Nachdem Kühnen für einige Monate in Paris abtauchen konnte, wurde er schließlich vom französischen Geheimdienst aufgespürt und auf Druck der deutschen Regierung an die Bundesrepublik ausgeliefert. Bei seiner Verhaftung soll man Kühnen mit einer Spritze ruhig gestellt haben und durch diese Spritze soll er mit Aids infiziert worden sein. Nach Worchs Version wäre also Kühnen einem gut durchdachten staatlichen

Komplott zum Opfer gefallen, mit dem Effekt, dass erstens Kühnen auf lange Sicht ausgeschaltet war und zweitens ein Nazi-Chef, der an Aids stirbt, auch schlecht zum Märtyrer stilisiert werden konnte.

Die Legendenbildung um Kühnen wird wohl auch in Zukunft kein Ende nehmen. Ich jedenfalls interessierte mich von da an nicht mehr für die Gerüchteküche von Anhängern wie Gegnern Michael Kühnens. Worch und ich beschlossen, in Kontakt zu bleiben, um regelmäßig Informationen auszutauschen. Er erklärte sich auch bereit, künftig an NAVM-Versammlungen teilzunehmen und bei uns als Redner aufzutreten. Wegen meiner bald folgenden erneuten Inhaftierung sollte es allerdings bei diesem einen persönlichen Gespräch zwischen Worch und mir bleiben.

Am Ende dieser Versammlung in Dannenreich trat ein mir bis dahin unbekannter brandenburgischer Neonazi an mich heran. Nach seinen Ausführungen hatte er bereits von mir gehört und so wie ich bei Worch wollte dieser Kamerad nun die Gelegenheit nutzen, um mit mir in Kontakt zu kommen. Wie sich später herausstellte, war dieser Neonazi ein Agent des Verfassungsschutzes, der unter anderem auch auf mich angesetzt worden war. Bis zuletzt hatte ich jedoch Zweifel, es hier mit einem Agenten zu tun zu haben. In meinen Augen war seine Laufbahn in der Szene zu perfekt, um als Agent arbeiten zu können.

Carsten Szczepanski, so war sein Name, war seit Anfang der 90er Jahre in der Szene aktiv und verfügte wie ich über zahlreiche internationale Kontakte. Bereits 1992 versuchte er, in seiner Heimatstadt Königs Wusterhausen in Brandenburg eine deutsche Sektion des amerikanischen „Ku-Klux-Klans" aufzubauen. Bei der Gründungszeremonie lud Szczepanski ranghohe KKK-Führer aus den USA ein und in Anwesenheit eines RTL-Fernsehteams wurde diese erste Versammlung vermummter Gestalten mit der Verbrennung eines großen Holzkreuzes auf einer Waldlichtung abgeschlossen. In der Folgezeit übte sich Szczepanski im Bau von Rohrbomben, bis er schließlich 1995 wegen versuchten Mordes an einem Nigerianer zu acht Jahren Haft verurteilt wurde. In der JVA Brandenburg verbüßte er fünf seiner acht Jahre und wurde Ende 1999 wegen guter Führung vorzeitig aus der

Haft entlassen. Nach seiner Entlassung schaffte er es, innerhalb weniger Wochen in den Landesvorstand der brandenburgischen NPD aufzusteigen, die Redaktion des von ihm Jahre zuvor gegründeten und in der Szene weitgehend bekannten Nazi-Pamphlets „United Skins" wieder zu übernehmen sowie ein eigenes Geschäft für NS-Devotionalien in Königs Wusterhausen zu eröffnen.

Dann baute Szczepanski eine Wehrsportgruppe auf und suchte nach geeigneten Leuten. Ich erklärte mich bereit, auf jedem Fall in einer Wehrsportgruppe mitzumachen, und in den nächsten Wochen rekrutierte Szczepanski noch fünf weitere Neonazis der Region für seine geplanten Wehrsportübungen. Ich bekam durch Vermittlung Szczepanskis über einen anderen Neonazi eine Computerdiskette, die konkrete Anleitungen zum Bau von Landminen, Rohrbomben und zur Herstellung von Sprengmitteln enthielt, und wurde von Szczepanski angewiesen, selbst eine Rohrbombe zu bauen, die dann im Rahmen einer paramilitärischen Übung in den Wäldern von Halbe gesprengt werden sollte. Ein weiterer Kamerad wurde von Szczepanski beauftragt, ein kleinkalibriges Präzisionsgewehr für die geplanten Kriegsspiele zu organisieren, und bekam von ihm die notwendigen Kontakte dazu vermittelt. So hatte also jeder irgendeine Aufgabe zu bewerkstelligen und alles lief nach Plan. Ich baute eine zündfähige Rohrbombe, der andere organisierte ein Präzisionsgewehr mit Zielfernrohr, Schalldämpfer und 300 Schuss Munition. Szczepanski vermittelte die Kontakte und koordinierte und noch ein anderer Gesinnungsgenosse erkundschaftete die Wälder, um ein geeignetes Gebiet für unsere Übungen zu finden.

Anfang Mai war alles perfekt und wir hätten nun damit anfangen können, an den Wochenenden in Brandenburgs Wäldern zu kampieren und uns unseren Kriegsspielen zu widmen. Es folgte jedoch ein Zwischenfall, der mir im Nachhinein nun doch ein wenig mysteriös erscheint. Ich sowie die anderen Kameraden der gerade neu formierten Wehrsportgruppe bekamen von einem aufgeregten Szczepanski Anrufe mit der Bitte, uns schnellstmöglich in seiner Wohnung in Königs Wusterhausen einzufinden. Dort angekommen, sahen wir als Erstes den völlig ausgebrannten Pkw Szczepanskis vor dem Haus.

Szczepanski berichtete, dass eine Gruppe Antifaschisten versucht habe, in seine Wohnung einzudringen. Als ihr dies nicht gelungen sei, habe die Gruppe sein Auto in Brand gesetzt, das kohlrabenschwarz den Eingang seines Hauses zierte. Natürlich wurden wir alle in eine entsetzliche Wut versetzt und erzürnten uns über den feigen Anschlag unserer politischen Gegner. Es war klar, dass Vergeltung folgen musste, und Szczepanski nutzte die günstige Gelegenheit der Stunde. Sofort unterbreitete er uns den Vorschlag, die „Kinderspiele" mit der Wehrsportgruppe zu vergessen und stattdessen einen deutschen Ableger der britischen ultrarechten Terrororganisation „Combat 18" ins Leben zu rufen.

„Combat 18" wurde in den Medien bekannt durch unzählige Übergriffe und Anschläge gegen Antifaschisten und machte zuletzt Mitte der 90er Jahre durch Fememorde in den eigenen Reihen auf sich aufmerksam. So war es dann auch Szczepanskis Idee, die von uns angesammelten Waffen gezielt gegen Linke einzusetzen. Ich sollte dabei mit meiner kurz zuvor gebauten Rohrbombe das Auto eines antifaschistischen Aktivisten aus der Region in die Luft sprengen. Was der Kamerad mit dem Präzisionsgewehr zu tun hatte, sollte noch besprochen werden, und auch den anderen Kameraden der Gruppe sollten noch entsprechende Aufgaben zugeteilt werden.

Im ersten Moment des Zornes sagten wir Szczepanski als unserem Kameraden natürlich allesamt unsere Hilfe zu. Auch sahen wir Szczepanskis Idee, in einer Nacht mehrere linke Ziele mit krassesten Methoden heimzusuchen, um die Region endgültig in unsere Hand zu bekommen, als einen guten Plan an. In den nächsten Tagen dachten wir alle jedoch etwas nüchterner. Die Stimmung schwenkte um und wir waren der Meinung, dass es durchaus genüge, den führenden Antifaschisten in der Region ein paar ordentliche Trachten Prügel zu verpassen, um sie für die Zukunft genügend einzuschüchtern. Wir wollten zwar alle im Rahmen von paramilitärischen Übungen für den Ernstfall proben, waren jedoch der Ansicht, dass der Zeitpunkt, um mit Bomben und Gewehren auf den Feind loszugehen, noch lange nicht gekommen sei. Szczepanski passte unser Einlenken überhaupt nicht in den Kram und er versuchte, uns in den nächsten Wochen immer wieder von der Notwendigkeit des „bewaffneten Kampfes“ gegen die verhassten Feinde zu überzeugen. Als er bis Anfang Juni mehr und mehr erkennen musste, dass seine Versuche, uns zu terroristischen Anschlägen zu bewegen, fürs Erste gescheitert waren, wurde unsere Gruppe von einer Welle von Hausdurchsuchungen und Verhaftungen überrollt.

Es ist davon auszugehen, dass Szczepanski seinen Pkw selbst in Brand gesteckt hatte, um die Stimmung der Kameraden anzuheizen. Als ihm dies letztendlich nicht gelungen war, versuchte dieser Agent höchstwahrscheinlich, sich doch noch ein paar Pluspunkte bei seinen Brötchengebern des Verfassungsschutzes zu erhaschen, indem er den Hinweis auf unsere Waffenansammlungen an den Geheimdienst gab. Am 9. Juni 2000, um Punkt sechs Uhr früh, war es dann soweit, dass ein Sonderkommando aus Berliner und brandenburgischen Staatsschützern meine Berliner Wohnung stürmte. Neben dem ermittelnden Staatsanwalt waren auch Spezialisten des Berliner und brandenburgischen Landeskriminalamtes anwesend. Im Keller meines Wohnhauses suchte man mit speziell für das Aufspüren von Sprengmitteln ausgebildeten Hunden nach meiner Bombe und die ganze Straße war von Polizeieinheiten abgeriegelt worden. Wie viele Polizisten sich an jenem Morgen vor meinem Haus versammelten, um mich einmal mehr dingfest zu machen, konnte ich gar nicht zählen, aber auf jeden Fall hatte sich das enorme Aufgebot des Staates gegen meine Person gelohnt – die Rohrbombe, die im Keller meines Hauses lagerte, wurde am Ende gefunden. Neben einigen unwichtigen Dingen wurde auch ein ganzer Batzen des illegalen NSDAP/AO-Propagandamaterials beschlagnahmt und ich fand mich mit Handschellen auf dem Rücksitz eines Polizeiwagens wieder.

Zuerst einmal wurde ich aus Berlin herausgebracht und in die JVA Brandenburg verfrachtet, in der ich die ersten 14 Tage mit Vernehmungen des Landeskriminalamts traktiert wurde. Aus der gesamten Lektion durfte ich lernen, dass auch der BRD-Polizeiapparat in rabiatester Manier agieren kann. Zuerst wurde ich bei meiner Verhaftung, obwohl ich keine Anstalten von Gegenwehr machte, ordentlich von einer Meute Staatsschützer verdroschen, so dass es mir neben zahlreichen Prellungen, die ich erhielt, die Haut des linken Ellenbogens abzog. Und dem gut gezielten Schlag eines Polizeiknüppels in meine Kniekehlen verdankte ich es, dass es mir zwei Jahre lang nicht mehr möglich war, in die Hocke zu gehen. Dann folgten Verhöre mit Schlafentzug, in denen ich teilweise auf das Übelste beschimpft wurde. Nachdem die Beamten des LKA bereits am zweiten Tag meiner Verhaftung über sämtliche Details aus den Gesprächen, die ich mit Szczepanski geführt hatte, sowie über die Wehrsportgruppe und die zeitweise geplanten Anschläge Bescheid wussten, war für mich klar, dass mindestens einer aus der Gruppe ein Verräter sein musste.

Die Staatsschützer ermittelten auch gegen Szczepanski und wussten bereits Bescheid, dass er der Planer unserer Gruppe war. Völlig grotesk war, dass die Staatsschützer zu dem Zeitpunkt gar nicht zu wissen schienen, dass sie hier auch gegen einen Agenten des Verfassungsschutzes ermittelten. Zwei Wochen nach meiner Inhaftierung entschied man, mich nach Berlin in die Justizvollzugsanstalt Moabit zu verlegen, und wieder ein paar Tage später wurde zum Entsetzen der LKA-Beamten, meines Richters und des zuständigen Staatsanwaltes, der Neonazi-Kader Carsten Szczepanski von der Zeitschrift „Der Spiegel“ als Agent des Verfassungsschutzes enttarnt. Von nun an waren auch die Tageszeitungen gefüllt mit Spekulationen darüber, welche Rolle der enttarnte V-Mann Szczepanski bei den Planungen der Anschläge sowie dem Horten von Waffen in der Gruppe spielte. Die völlig verwirrte Staatsgewalt fürchtete einen politischen Skandal, falls ans Tageslicht käme, dass ein Agent des deutschen Geheimdienstes der Kopf einer Terrorgruppe werden wollte, dass er zu Straftaten angestachelt und sogar die Logistik, um Waffen organisieren zu können, geliefert hatte. Es war schon peinlich genug, als herauskam, dass man mit Szczepanski einen vorbestraften Schwerstkriminellen in die Dienste des Staates angeheuert hatte.

Kurz vor meiner Hauptverhandlung bei der „Staatsschutzkammer“ des Berliner Landgerichtes wurde mir von meinem Richter sowie dem Staatsanwalt ein Deal vorgeschlagen. Das Angebot sah so aus, dass ich bei meiner Aussage vor Gericht unter allen Umständen den Namen des V-Mannes Szczepanski vermeiden sollte und dafür mit zwei Jahren Haft wegen „Vorbereitung einer Sprengstoffexplosion“ sowie „Volksverhetzung“ davon kommen sollte. Des Weiteren versicherte man mir, dass meine noch laufende Bewährung von 16 Monaten Jugendstrafe nicht widerrufen würde, falls ich auf den Deal einginge. Es wurde gesagt, dass man aufgrund des enormen Medienrummels den Prozess auf Sparflamme halten wolle und es für alle Beteiligten das Beste sei, wenn man die Verhandlung ohne große Skandale so schnell wie möglich über die Bühne bringe. In Anbetracht der auch für mich äußerst brenzligen Situation kam mir dieser Deal nicht gerade ungelegen und ich willigte ein. So ging dann auch die Verhandlung gegen mich nach vier Stunden zu Ende. Ich machte meine Aussage so, wie sie das Gericht von mir hören wollte, kam mit zwei Jahren Haft davon und das anwesende Medienaufgebot durfte auch in Zukunft weiter darüber Rätsel raten, welche Rolle der Agent Szczepanski bei dem Fall gespielt hatte. Szczepanski wurde kurz nach meiner Verhandlung mit einer neuen Identität ausgestattet und ist seither von der Bildfläche verschwunden.

Nach meiner Verhandlung verbrachte ich noch sechs Monate in der JVA Moabit, in der ich zeitweise der einzige Deutsche – und noch dazu ein Neonazi – auf meiner Station war. Zu meinem Erstaunen verhielten sich die ausländischen Gefangenen äußerst freundlich gegenüber dem „braunen Schaf“, das da mit unter ihnen im Gefängnis einsaß. Beim Hofgang kam ich mit zwei palästinensischen Gefangenen ins Gespräch. Der eine war Ali Chanaa, der andere Yassir Chraidi. Wie sich herausstellte, waren die beiden die Attentäter eines Sprengstoffanschlages im Jahre 1986 auf die Berliner Discothek „La Belle“. Zu dem besagten Zeitpunkt wurde diese Disco hauptsächlich von amerikanischen Armeeangehörigen besucht. Bei dem Anschlag waren zahlreiche Menschen ums Leben gekommen und die beiden Palästinenser warteten nun auf ihren Prozess. Für mich waren die Gespräche mit den beiden sehr interessant, erfuhr ich doch so aus erster Hand etwas über die Zustände in den palästinensischen Flüchtlingslagern im Libanon sowie über die israelische Besatzungspolitik in den Palästinensergebieten. Auch konnte ich testen, inwieweit es in Zukunft möglich sein könnte, mit islamischen Gruppen in Deutschland gemeinsam gegen „die Zionisten" zu agieren. Auch Monate später stand ich noch mit den beiden in Briefkontakt, der aber letztendlich wegen der strengen Postzensur, die für Chraidi und Chanaa galt, einschlief.

Während meines Aufenthaltes in der JVA Moabit bekam ich enorm viel Post von meinen Kameraden, die allesamt die Frage stellten, wie es denn nun mit der NAVM weitergehen solle. Um innere Schwierigkeiten zu vermeiden und wenigstens einen Teil der aufgebauten Strukturen und Logistik zu erhalten, erklärte ich die NAVM für aufgelöst und forderte die Kameraden auf, möglichst geschlossen dem KDS beizutreten oder sich zumindest in die Arbeit des KDS einzubinden. Auch der „Wehrwolf Versand" wurde aufgelöst und nicht wiederbelebt. Diejenigen, die sich mit dem KDS-Konzept und seiner Führung überhaupt nicht anfreunden konnten, organisierte ich in meiner „AG-Südland", die sich in der Folgezeit ein eigenes Programm sowie einen „Arbeitsplan Südland" gab. So bestand die „AG-Südland" von da an aus einem halben Dutzend KDS-Mitgliedern, einem Freundeskreis Hoyerswerda, einem Freundeskreis Torgau sowie einer ganzen Anzahl bundesweit gestreuter und bis dahin organisationsunabhängiger Neonazis. Unter der Parole „White Pride World Wide" sollte es eines der Hauptziele der „AG-Südland" werden, sich speziell für den Aufbau von NS-Strukturen in Südafrika einzusetzen sowie den Versuch zu unternehmen, auch in Südafrika „White-Power-Skinhead-Gruppen" zu gründen. In den folgenden Jahren wurde meine „AG-Südland" zu einer Art Hilfsorganisation für weiße Rassisten in Südafrika ausgebaut und die von mir verfasste Schrift „Programmatische Erklärung – Arbeitsplan Südland" in die Tat umgesetzt.

Anfang Februar 2001 wurde ich in die Berliner Justizvollzugsanstalt Tegel verlegt, in der von der dortigen Anstaltsleitung drei Monate lang beraten wurde, wie man weiter mit mir verfahren sollte. Außer dass die Verpflegung von JVA zu JVA immer beschissener wurde, gab es für mich keinerlei Probleme und ich nutzte diese Zeit, um mit verschiedenen Insassen ins Gespräch zu kommen. Bemerkenswert war, dass es sowohl in der Berliner JVA Moabit wie auch in Tegel kaum Streitigkeiten unter den doch so unterschiedlichen Knackis gab. Neonazis, Ausländer und Linke ließen sich entweder gegenseitig in Ruhe oder halfen sich teilweise sogar mit Kaffee, Tabak und Lebensmitteln aus.

Ein schwarzer Freund, den ich Jahre später in Namibia kennen lernte, fand einmal folgende Worte: „Hier in Namibia wollen wir einfach alle nur zusammenleben.“ Nun, von einem „wollen“ konnte natürlich in den Justizvollzugsanstalten keine Rede sein, aber dennoch saßen wir zumindest „alle in einem Boot“. Allein schon aus diesem Grunde entstand ein gewisser Zusammenhalt untereinander.

Zu guter Letzt kam ich dann, Anfang Mai 2001, in die von ausnahmslos allen Gefangenen, mit denen ich ins Gespräch gekommen war, viel gepriesene Berliner JVA Charlottenburg. Auf meinem Weg zu dem Komplex, dem ich zugeteilt worden war, stellte ich fest, dass sowohl die Häuser als auch die Gefängnisanlage nicht mit den mir bisher bekannten Gefängnissen zu vergleichen waren, da ich eingestehen musste, dass alles sehr modern, ruhig und gepflegt aussah. Allerdings, ich weiß nicht warum, konnte ich mich bereits beim Betreten dieser JVA nicht des Eindrucks erwehren, dass ich hier nicht in einem Gefängnis, sondern in einer Art Irrenanstalt beziehungsweise Nervenklinik mit verschärften Sicherheitsauflagen, gelandet war. Mein Gefühl sollte mich auch nicht allzu sehr trügen.

Abgesehen davon, dass sich auf dem Gelände, nur durch einen Zaun von unserem Komplex getrennt, wirklich eine psychiatrische Anstalt für Verbrecher aller Art befand, wurde auch mir in den nächsten 13 Monaten meines Aufenthaltes in dieser JVA eine Art Therapie verpasst. Das Ambiente in der JVA war, wie bereits erwähnt, äußerst gepflegt. Saubere und geräumige Einzelzellen mit abgetrennter Toilette und Warmwasser. In dem Haus, in dem ich untergebracht wurde, befanden sich rund 60 Gefangene und zu meiner Freude waren auch ein halbes Dutzend Skins beziehungsweise Neonazis darunter. Abgesehen davon, dass das Essen hier nochmals schlechter wurde, konnte ich mich mit dieser neuen Umgebung schon ganz gut anfreunden. Zudem gab es erfreulicherweise auch neben dem individuellen „Vollzugsplan", der beinhaltet, wie mit dem Gefangenen während der Haft zu verfahren ist, einen gesonderten hausinternen „Vollzugsplan", der festschrieb, dass jeder Gefangene nach drei Monaten Aufenthalt bei guter Führung Hafterleichterung, also Ausgänge und Hafturlaub, bekommen sollte. Ich selbst bin jedoch bis zum letzten Tag nicht in diesen Genuss gekommen, da ich den Erwartungen dieser Anstalt leider nicht gerecht werden konnte.

Schon bei den ersten Gesprächen mit Sozialarbeitern, die in dieser JVA im Vergleich zu anderen Knästen ungewöhnlich große Kompetenzen hatten, wurde klar, dass sich diese Leute als unantastbar ansahen und auch nicht an das geltende Strafvollzugsgesetz gebunden fühlten. Es sei denn, man holte sich einen guten Anwalt zur Hilfe und leistete sich eine monatelange Schlammschlacht, um diese Personen wieder halbwegs ans geschriebene Recht zu binden. Aber welcher Knacki hat schon die nötigen Finanzen, sich einen solchen Abnutzungskrieg zu leisten? Es gab freilich noch die Möglichkeit, selbst Haftbeschwerden einzulegen, zum Beispiel beim zuständigen Petitionsausschuss im jeweiligen Landtag. Wer das einmal versucht hat, wird schnell ernüchtert. Bei den unzähligen Beschwerden, die ich in meiner letzten Haftzeit schrieb, dauerte es sage und schreibe anderthalb Jahre, bis endlich die ersten Entscheidungen bei mir eintrafen.

Aber zurück zum Thema. Mir wurde eine gewisse Frau Kelm als Sozialarbeiterin zugeteilt, in meinen Augen eine unglaublich zynische Person, die zwar immer verständnisvoll mit ihren Schützlingen umging, aber ihre sadistische Freude an Leid und Verzweiflung mancher Gefangener nicht verbergen konnte. Ich hatte ihre pseudoliberale und -soziale Art schnell durchschaut und diese Frau war mir von Anfang an mehr als unsympathisch – was allerdings auf Gegenseitigkeit beruhen sollte. Ich will nicht die ganze Reihe an Ärgernissen, die ich im Laufe der 13 Monate unter anderem mit Frau Kelm erlebt habe, aufzählen. Das wäre Stoff für ein gesondertes Buch, also beschränke ich mich einfach auf zwei bis drei Beispiele.

Zunächst einmal beantragte ich Arbeit. Der Sommer kam, in den Zellen wurde es unerträglich heiß und man will so oder so im Knast eine Beschäftigung. Ich wartete sechs Monate. Mittlerweile waren schon 30 neue Knackis durch unser Haus gegangen, die allesamt von den Sozialarbeitern in Arbeit gebracht worden waren, aber bei mir ging nichts voran. Als nach sechs Monaten mein Ersuchen um Arbeit nicht mehr ignoriert werden konnte, machte mir Frau Kelm den Vorschlag, in der im Nachbarhaus befindlichen Psychiatrie als Reinigungskraft zu arbeiten. Was das bedeutete, möchte ich kurz erklären. Es war mehr Routine als eine Seltenheit, dass manche mit Medikamenten zur Ruhe gestellte Nervenkranke mit ihren eigenen Exkrementen Bilder an die Wände ihrer Zellen malten und damit natürlich bei der zuständigen Reinigungskraft (die dann meine Person sein sollte) einen unglaublichen Brechreiz hervorriefen. Vor diesem Hintergrund erklärte mir besagte Frau Kelm dann noch zur Krönung, dass diese Aufgabe ein Vertrauensjob sei.

Mag sein, dass der eine oder der andere Leser kein Problem mit diesem „Vertrauensjob" hätte, aber ich sah dies unter den gegebenen Umständen als Schikane an und lehnte diese Arbeit ohne Diskussion ab. Das wurde mir dann, nachdem ich sechs Monate um Arbeit ersucht hatte, als „Arbeitsverweigerung" angekreidet, was es Frau Kelm möglich machte, mir das ohnehin unzureichende Taschengeld von 25 Euro im Monat zu sperren. Diese Strafaktion beeindruckte mich allerdings wenig, da die Solidarität vieler Gefangener so groß war, dass ich weder an Zigaretten, Kaffee noch an anderem Not leiden musste. Ich möchte noch erwähnen, dass sich nicht ein einziger Gefangener aus unserem Haus bereit fand, den besagten „Vertrauensjob" anzunehmen, und kein anderer hatte deshalb Sanktionen der Sozialarbeiter zu spüren bekommen.

Nachdem mir mit dieser sowie zahlreichen anderen Schikanen nicht beizukommen war, heckte Frau Kelm einen neuen Plan aus, der vorsah, dass ich zu 15 Sitzungen bei der Anstaltspsychologin antreten sollte, mit dem Versprechen von Kelm, dass danach meiner Hafterleichterung nichts mehr im Wege stünde. Nun, als ich mir vor Augen führte, dass ein Durchschnittsgefangener unseres Hauses, wenn überhaupt, lediglich zu einer psychologischen Sitzung gehen musste und der schlimmste Sexualstraftäter zu drei Sitzungen einberufen wurde, dann erschienen mir 15 Sitzungen doch ein bisschen hochgestapelt. Aber in der Hoffnung, mal einen objektiven Gesprächspartner zu finden, ließ ich mich darauf ein.

Angetreten zur ersten Sitzung, sollte sich jedoch eine herbe Ernüchterung bei mir einstellen, denn ich musste eine erschreckende Wesensverwandtschaft zwischen „meiner Psychologin", die meine dunkle Seele erforschen wollte, und meiner Sozialarbeiterin Frau Kelm feststellen. Kurz gesagt sah es so aus, dass mir bei der ersten Sitzung lediglich die Frage gestellt wurde, wie viel Hass ein Mensch entwickeln müsse, damit er ins World Trade

Center fliegt. Tja, vielleicht kann einer meiner Leser die Antwort darauf geben, ich jedenfalls wusste sie nicht und somit war die erste Sitzung auch schon beendet.

Bei der zweiten Sitzung fragte mich diese Frau, deren Namen ich durch diese Schocktherapie glatt vergessen habe, ob mir antisemitische Verschwörungstheorien bekannt seien. Da ich nun wirklich nicht scharf darauf war, mir noch mehr Ärger einzuhandeln, verneinte ich diese Frage. Was jetzt passierte, verwirrte mich dann doch etwas. Meine Psychologin fing an, mich sage und schreibe eine ganze Stunde lang mit Bibelzitaten zu bombardieren. Nachdem ich nun auch diesen Exorzismus trotz Schreckens recht gut überlebt hatte, folgte die dritte und für mich auch letzte Sitzung, in der mir, „völlig rollenverkehrt", die Psychologin ihre Lebensgeschichte runterrasselte. Nachdem ich jetzt wirklich nachhaltig therapiert war, zwar nicht vom rechtsradikalen Gedankengut, wohl aber von Sozialarbeitern und Psychologen, beschloss ich, keine weiteren Sitzungen mehr über meine strapazierten Nerven ergehen zu lassen. Zumal weder die Psychologin noch die Kelm erläutern konnten, was überhaupt Sinn und Zweck dieser Sitzungen sein sollten.

Zu guter Letzt wurde ich dann von Kelm aufgefordert, an einem von ihr inszenierten sechswöchigen „sozialtherapeutischen Seminar" teilzunehmen, in dem unter anderem eine ganze Woche darüber diskutiert werden sollte, was ein Mann ist. Unter diesem Motto sollten die Teilnehmer des Seminars dann die intimsten Geschichten aus dem Leben mit ihren früheren Frauen oder Freundinnen erzählen. Dirigiert werden sollte das Ganze im Übrigen von meiner Psychologin. Als ich mich auch einem solchen Seelenstriptease verweigerte, wurde mir vorgeworfen, ich würde nicht am Vollzugsplan mitarbeiten. Ich möchte dazu erwähnen, dass ich mich zu diesem Zeitpunkt bereits acht Monate in dieser JVA befand und noch immer keinen Vollzugsplan hatte, obwohl dieser in der Regel nach den ersten 14 Tagen in einer JVA erstellt wird. Insofern war der Vorwurf blanker Hohn.

Das Schreiben über Erlebnisse dieser Art ließe sich ohne Ende fortsetzen, aber ich möchte mich lieber noch kurz meinem persönlichen Zeitvertreib sowie den anderen inhaftierten Neonazis in unserem Haus zuwenden. Da ich während meiner vorherigen Haftzeit schon so gut wie alles an nationalsozialistischer Pflichtlektüre gelesen hatte, wandte ich mich in dieser Haftzeit der „Feindstudie“ zu, soll heißen, ich beschäftigte mich damit, linke Lektüre zu lesen, von Marx bis Che Guevara. Ich muss zugeben, dass ich bei meiner persönlichen „Feindstudie“ besonders von einer kommunistischen Politikerin der Gegenwart angetan war. Es war die Chefin der „Kommunistischen Plattform der PDS“, Sahra Wagenknecht. Einmal davon abgesehen, dass Sahra Wagenknecht die mit Abstand attraktivste Politikerin ist, die ich jemals gesehen habe, war ich von ihrem Buch „Die Mythen der Modernisierer“, das ich drei Mal las, arg beeindruckt. Die antikapitalistischen Thesen waren eine gute Ergänzung zu meinem bis dahin fast ausschließlich nationalistischem Denken. Auch wenn sich Wagenknechts Politik nicht mit meinem Streben vereinbaren ließ, war ich angetan, dass sie nicht mit kleinkarierter Antifa à la „Nazis raus“ hervortrat, sondern anspruchsvoll Weltpolitik in den Blick nahm. Freilich tat sie das aus kommunistischer Sicht. Diese Art des Idealismus rang mir Achtung ab.

In der JVA Charlottenburg konnte ich in kurzer Zeit eine „Kerkerkameradschaft“ um mich scharen. Zumeist in meiner Zelle hielt ich kleine Sitzungen ab. Zuletzt wurde hauptsächlich über eine eventuelle Zusammenarbeit mit palästinensischen Gruppen in Deutschland gesprochen. Dabei überboten sich die Gesprächsteilnehmer in antiamerikanischen und antizionistischen Äußerungen und glorifizierten den Kampf militanter Arabergruppen als vorbildlich. Nach dem 11. September 2001 änderte sich die Meinung der Charlottenburger Neonazis schlagartig. Nicht etwa, weil diese Burschen Mitgefühl mit den Opfern der Anschläge hatten, nein, sie hatten Angst vor ihren eigenen Äußerungen bekommen. Solche Schwierigkeiten mit dem Vollzugspersonal, wie ich sie hatte, wollten sie nicht. So gingen die Kameraden in die Dienstzimmer der Sozialarbeiter, um ihre „Abscheu“ gegen die Verbrecher vom 11. September kund zu tun. Ein palästinensischer Mitgefangener, der oft an unseren Gesprächsrunden teilnahm und vor allem Geld für die KDS-Arbeit spendete, prangerte nun die Kameraden für ihr heuchlerisches Verhalten an und sagte ihnen gehörig die Meinung. Die Neonazis, in ihrer Eitelkeit gekränkt, rannten sogleich zu den Sozialarbeitern, um ihren ehemaligen Freund wie man im Knastjargon sagt „anzuscheißen“. Dabei ging es im Hintergrund darum, sich Hafterleichterungen zu erschleichen. Der Palästinenser wurde daraufhin zum Schweigen gebracht, indem er mit Strafanzeigen überzogen wurde. Soviel zur so genannten Kameradschaft in der JVA.

Kurz vor Ablauf meiner Haftstrafe in der JVA Charlottenburg wurde dann doch, trotz des ausgehandelten Deals bei Gericht, die Bewährung meiner Restjugendstrafe von einem Jahr und vier Monaten widerrufen. Unerklärlich blieb hierbei, dass zwar ein Berliner Gericht die Bewährung widerrief, aber Sachsen den Vollstreckungsbefehl geben musste. Da dieser nicht kam, wurde ich im Juni 2002 nach Verbüßung meiner zweijährigen Berliner Haftstrafe aus der JVA Charlottenburg entlassen.

Bisher nicht erwähnt, möchte ich im Folgenden noch jemandem ein paar Zeilen widmen: Popey, der mit richtigem Namen Rocco heißt. Woher er den Spitznamen Popey hat, weiß ich nicht, vermutlich hat er ihn sich aus einer Bierlaune heraus selbst gegeben. Die Freundschaft zwischen mir und Popey reicht mittlerweile zehn Jahre zurück. Oft verloren wir uns für Jahre aus den Augen, aber der Zufall wollte es, dass wir uns immer wieder begegneten. Von Anfang an war er mir stets ein treuer Kamerad, der später sowohl meine NAVM als auch die „AG Südland" von dem bisschen Geld, das er hatte, großzügig unterstützte. Anfang 2000 trat er gemeinsam mit mir dem KDS bei. Popey wird aufgrund seines enormen Alkoholkonsums, nach welchem er immer ein wenig von Konfusionen geplagt wird, und seines Hangs zum Größenwahn von vielen Kameraden belächelt und nicht besonders ernst genommen. Diese Degradierung wird aber seiner Person nicht gerecht. Auch wenn Popey nie ein Parteiideologe war und trotz seines verschlagenen Aussehens kein Schlägertyp ist, so legt er doch ein für die Szene untypisches äußerst kameradschaftliches Verhalten an den Tag, das jedoch in den seltensten Fällen erwidert wird. Auch verfügt er über so umfangreiche geschichtliche und politische Kenntnisse, dass ihm sicher die meisten NPD-Kreisleiter nicht das Wasser reichen könnten.

Als meine Zeit in der JVA Charlottenburg beendet war, wohnte Popey in dem sächsischen Provinzdorf Ottendorf-Okrilla, das ungefähr 8.000 Einwohner zählt und unweit von Dresden liegt. Ich jedenfalls beschloss, für die nächsten Monate Quartier bei Popey zu beziehen und mit ihm gemeinsam Ottendorf-Okrilla zu einer „Nazi-Hochburg" auszubauen. Viel zu kämpfen gab es da jedoch nicht, da die Ortschaft über keine linke Szene und über noch weniger Ausländer verfügte. Das Einzige, was wir zu tun hatten, war, die Dorfjugend für uns zu gewinnen und uns Sympathien in der Bevölkerung zu erarbeiten. Zu einem solchen Unternehmen brauchten wir vor allem eins: Propagandamaterial ohne Ende. Und dies sollte uns auch vom KDS zur Verfügung gestellt werden.

In den folgenden Wochen überzogen wir Ottendorf-Okrilla mit unserer Propagandaflut. Kein Wohnhaus und kein Briefkasten wurde von uns ausgelassen. Wir verteilten unter Bürgern auf der Straße, in den Kneipen und Gaststätten. Und in nächtlichen Einsätzen plakatierten wir das ganze Dorf mit unserer Propaganda zu. Unsere „KDS-Propaganda-Offensive“ nahm solche Auswüchse an, dass selbst eine Regionalzeitung im Süden von Bayern über das KDS-Treiben in Ottendorf berichtete.

Unter den Ottendorfern bekamen wir ausschließlich positive Resonanz für unser Agieren. Einige Bürger steckten uns Geldspenden zu, andere wünschten umfangreicher über den KDS informiert zu werden und in kürzester Zeit stellten wir eine KDS-Ortsgruppe, in der ein gutes Dutzend Aktivisten gemeinsam agierten, auf die Beine. Zudem gab es noch zahlreiche andere, die sich in unserem Umfeld bewegten. Ich koordinierte die Arbeit der KDS-Gruppe und wurde von der KDS-Führung zum Stützpunktleiter ernannt.

Es folgten Kameradschaftssitzungen in unserem Quartier, bei denen neben der Erläuterung nationalsozialistischer Weltanschauung auch wieder die altbewährten Nazi-Propagandafilme vorgeführt wurden. Die neuen Rekruten wurden mit Nazi-Musiktapes und CDs voll gestopft und an den Wochenenden ging es in die umliegenden Wälder zu den ebenfalls altbewährten Geländeübungen, wobei wir allerdings nicht an schweren Waffen, sondern am enormen Biervorrat zu schleppen hatten.

Dann rückte die Bundestagswahl* näher und da der KDS keine Wahlpartei war, suchten wir nach einer Alternative, die es zu unterstützen galt. Da kam uns einmal mehr die NPD in den Sinn. Nachdem wir die Bundesgeschäftsstelle der NPD telefonisch kontaktiert hatten und unser Angebot, unsere Gruppe in den Dienst der NPD für ihren Wahlkampf stellen zu wollen, deutlich gemacht hatten, wurden wir an den sächsischen NPD-Landesvorstand vermittelt. Schließlich landeten wir beim Dresdner NPD-Kreisleiter. Der war zu unserer Freude nicht mehr Matthias Paul, sondern ein gewisser Sven Hagendorf. Hagendorf besaß vom Zwischenmenschlichen her eine wesentlich angenehmere Art als sein Vorgänger Paul, aber auch er hatte nicht genug Führungsqualitäten, um die Dresdner Neonazi-Szene ins NPD-Fieber versetzen zu können.

*2002

Es kam zu einem Treffen in Ottendorf, wobei uns von Hagendorf kistenweise NPD-Flugblätter, Wahlkampfbroschüren sowie mehrere hundert große Plakate übergeben wurden. Ottendorf wurde nun ein weiteres Mal von unserer rechtsradikalen Propagandaflut heimgesucht. Es gab lediglich ein Problem: Die Laternenmasten in der Ottendorfer Hauptstraße waren bereits mit Partei-Plakaten, hauptsächlich von SPD und CDU, dekoriert und wir hatten für unsere NPD-Plakate keine Pappschilder zum Anbringen auftreiben können. Popey, in seinem Wahlkampfwahn nicht mehr zu bremsen, schmiedete für sich den Plan, einfach alle CDU- und SPD-Plakate zu „beschlagnahmen" und die NPD-Plakate darüber zu kleben. Eines Nachts machte er sich daran, die Laternenmasten in der Hauptstraße hochzukraksеln und die Plakate des Feindes abzumachen (wobei wegen des zuvor getankten Alkohols ein erhöhtes Absturzrisiko von Popey in Kauf genommen werden musste). Er entwickelte dabei eine unglaubliche Energie und schleppte wie vom Teufel besessen die Pappen stapelweise nach Hause, um sie mit den NPD-Plakaten neu zu gestalten. Noch in derselben Nacht waren die Pappschilder wieder an ihren Plätzen, nur dass den Bürger jetzt die Parole „Deutschland uns Deutschen – NPD" von den Laternenmasten herab anstrahlte.

Die Bundestagswahl war mal wieder ein Fiasko für alle Rechtsparteien, vor allem für die NPD, und man war schon ein wenig gefrustet. Da kam es gerade recht, dass zu dieser Zeit eine türkische Familie ein Haus in Ottendorf kaufte und es zu einem „Dönerkebab-Lokal" ausbaute. Als die türkische Familie mit ihren Freunden die Ausbauarbeiten an dem Haus begonnen hatte und die ersten neuen Fensterscheiben installiert waren, machten wir uns daran, die Restbestände unserer NPD-Plakate über die Scheiben zu kleistern. Es muss eine Mordsarbeit für die Familie gewesen sein, unsere Plakate wieder abzukratzen. Aber mit demselben Eifer, mit dem wir Nacht für Nacht die Fenster aufs Neue verklebten, kratzte die türkische Familie sie am Tage wieder frei.

Popey schmiedete wieder einen Plan, mit dem er bei den türkischen Besitzern den „ultimativen Heulkrampf" erzwingen wollte. Der Plan sah so aus, dass Popey an die frisch gestrichene Fassade des „Dönerhauses“ Farbbeutel werfen wollte. Er ging also in den Keller unseres Hauses und füllte literweise blaue, grüne und gelbe Farbe aus großen 20-Liter-Eimern in Plastikbeutel um. Da kein Auto parat war, schnappte er sich ein Fahrrad und rundherum behangen mit den Farbbeuteln machte er sich auf den Weg, „um sich kreativ am Dönerhaus zu betätigen“, das am Ende wie die Villa Kunterbunt von Pippi Langstrumpf aussehen sollte. Nach etwa einer Stunde kam Popey zurück und sah aus, als hätte er sämtliche Farbe über sich selbst gegossen und sich dann wie eine überdimensional große Farbrolle am Haus entlang gewälzt.

Was genau geschehen war, konnte er mir an dem Abend nicht mehr berichten, dazu war er bereits zu besoffen, aber als am nächsten Morgen, nicht ganz zu meinem Erstaunen, die Polizei vor unserer Tür stand, ließen sich die Ereignisse der vergangenen Nacht rekonstruieren. Einer der Farbbeutel, den Popey sich umgeschnallt hatte, hatte ein kleines Loch, aus dem es herauströpfelte, und wie im Märchen von „Hänsel und Gretel“ hinterließ Popey eine Spur von unserem Haus bis hin zum Tatort. Die Spur verlief in extremen Schlangenlinien, was zeigte, wie arg der volltrunkene Attentäter auf seinem Fahrrad zu rudern hatte. Kurz vor dem Tatort überschlug sich unser Popey mit dem Fahrrad, was einige Beutel zum Platzen brachte und zur Folge hatte, dass Popey von oben bis unten mit Farbe besudelt wurde. Die heil gebliebenen Beutel warf er dann gegen die Fassade des „Feindobjektes“. Die Polizei brauchte am nächsten Morgen nur der von ihm hinterlassenen Spur zu folgen und fand sich dann direkt vor unserer Wohnungstür ein. Popey bezahlte diese Suffaktion mit einer Strafanzeige wegen Sachbeschädigung. Unsere Gruppe organisierte jedoch einen guten Anwalt, mit dessen Hilfe Popey in der kommenden Verhandlung recht glimpflich davon kam.

Inzwischen zeichnete sich der Irak-Krieg mehr und mehr ab und die Führung des KDS schaffte es, sich bei der irakischen Botschaft, zuerst in Bonn später in Berlin, anzudienen. Ziel war, von den Irakern Geld zu erhalten, um eine antiamerikanische Kampagne finanzieren zu können. Von dem

Geld sollte auch einiges für KDS-interne Zwecke abgezweigt werden. Es kam zu regelmäßigen Besuchen der KDS-Führung in der irakischen Botschaft, zu denen auch ich und Popey eingeladen wurden. Es war klar, dass die Botschaft von allen möglichen Geheimdiensten observiert wurde, und da ich mich den „Schlapphüten"* nicht wieder auf dem Präsentierteller servieren wollte, zog ich es vor, diesen Einladungen fern zu bleiben.

Popey folgte meinem Rat und wir klebten unterdessen in Dresden pro-irakische Flugblätter des KDS. Die Führung des KDS gab derweilen in einem Interview im ZDF-Magazin „Frontal" ihre „Irak-Connection" zum Besten. Besonders der Leiter der KDS-Bundesgeschäftsstelle, Peter Habermann, freute sich wie ein kleines Kind, als er in der Sendung berichtete, dass er dem Geschäftsführer der irakischen Botschaft das KDS-Ehrenabzeichen ans Revers heften durfte. Ob diese unseriöse Irakpolitik des KDS Früchte getragen hat, mag bezweifelt werden. Diese Unseriösität ist jedoch kennzeichnend für die KDS-Leute.

Popey regte sich zunehmend über die KDS-Führung auf. Seinen Worten zufolge betrieben die KDS-Chefs nur halbherzig revolutionäre Politik und seien lediglich auf Selbstdarstellung zur Befriedigung des eigenen Geltungsdranges aus. Weiter störte ihn, dass der einfache Aktivist „sich den Arsch aufreiße" und die Führer nur auf die Aktionsberichte warteten. Unrecht hatte Popey damit nicht, aber es gelang mir, ihn wieder zu beschwichtigen.

Im November 2002 kam es zu meiner letzten Begegnung mit Michael Koth. Er feierte seinen Geburtstag in der Gaststätte eines Irakers in Berlin. Neben 40 Kameraden und Kampfgenossen waren auch einige irakische Gäste sowie ein irakischer Fotograf anwesend. Eins musste man Michael Koth wirklich lassen, er war ein hervorragender Gastgeber. Seine Ansprache war zwar mit dem für ihn typischen Humor mehr comedyreif als ernsthaft politisch, aber im Großen und Ganzen kamen alle Anwesenden auf ihre Kosten. Zum Abschluss wurden zwei, drei Aktivisten für ihr KDS-Engagement ausgezeichnet. Auch ich war unter den Geehrten und nahm vor versammelter Mannschaft meine KDS-Urkunde entgegen, in

*umgangssprachliche Bezeichnung für Beamte des Verfassungsschutzes

der unter anderem meiner Standhaftigkeit während der „Gesinnungshaft" gehuldigt wurde.

In der Folgezeit zog ich mich mehr und mehr aus dem KDS zurück und beschloss, mich künftig ganz der Sache meiner „AG-Südland" zu widmen. Popey übernahm die Ottendorfer KDS-Arbeit und es gelang ihm, seine KDS-Truppe noch einige Monate zusammenzuhalten, bis er schließlich arg genervt von der „Parteiarbeit" und dem Leben als „Parteifunktionär" aus dem KDS austrat.

Er unterstützte jedoch meine „AG-Südland"-Arbeit bis zum Schluss weiter. Seit meiner Flucht nach Afrika habe ich nichts mehr von Popey gehört. Mag sein, dass wir uns ein paar Jahre nicht sehen, aber ich bin sicher, wir werden uns in Zukunft, wie es das Schicksal so will, wieder über den Weg laufen. Wenn es zur nächsten Begegnung kommt, hoffe ich, dass es Popey bis dahin ebenfalls geschafft hat, sein Leben um einiges umzustellen und dass wir dann das nächste gemeinsame Bier trinken können, ohne dass irgendwelche Eskapaden im Anschluss folgen.

Eine Woche vor Ausbruch des Irak-Krieges*, ich dachte schon gar nicht mehr an die Irak-Verbindungen des KDS, fanden sich bei meiner Meldeadresse in Dresden sowie vor dem Haus meiner Familie einmal mehr die Dauerbegleiter des Verfassungsschutzes ein. Man suche mich, da man Informationen erhalten habe, ich wolle in den Irak reisen, um mich dort als „menschliches Schutzschild" zur Verfügung zu stellen, hieß es. Man wolle mich unbedingt sprechen, um mich von meinem angeblichen Vorhaben abzubringen. Das klang schon beinahe komisch, wenn man bedenkt, dass die Bundesregierung doch eigentlich froh sein müsste, wenn sich so viele Neonazis wie möglich in den Irak begeben, um sich dort selbst zu verheizen. Auffinden konnten mich die Verfassungsschützer diesmal nicht und ich bin auch nicht in den Irak gegangen. Stattdessen saß ich abgetaucht bei Freunden, baute die Kontakte meiner „AG-Südland" nach Südafrika sowie in andere Länder aus und bereitete eine Flucht vor, für den Fall, dass man sich bei Gericht meiner widerrufenen Bewährung entsinnen und der Stellungsbefehl zum erneuten Strafantritt bei mir ins Postfach flattern sollte.

*2003

Im Rahmen unserer „AG-Südland"-Arbeit hatten wir es uns auch zur Aufgabe gemacht, möglichst viele Aktivisten und Gruppen von Gleichgesinnten, nicht nur in Deutschland, sondern auch im Ausland, zu kontaktieren, um so zu einer Schaltstelle der internationalen NS-Szene zu werden. Wir behielten zwar das NAVM-Konzept in der „AG-Südland" bei, aber die aufgebauten und vermittelten Kontakte wurden von da an ausschließlich im Sinne unseres „Arbeitsplans Südland" dazu verwendet, die weißen Südafrikaner bei ihrem Kampf um einen eigenen Volksstaat in Südafrika zu unterstützen.

Dann sahen wir einen Bericht über den Nordirland-Konflikt und eine dortige militant-nationalistische und pro-englische Organisation mit Namen „Ulster Freedom Fighters" (UFF), deren Chef (oder, wie er vor Ort genannt wurde, „Kommandant") Johnny Adair war. Johnny Adair, Ende dreißig und wohnhaft in Belfast, war in seiner Jugend Mitglied einer Skinhead-Band gewesen.

Er war nach eigenen Angaben ein großer Verehrer von Jan Steward, einer Kultfigur der Skinhead-Szene, der 1993 bei einem Autounfall ums Leben gekommen war. Zudem war Adair mehrere Jahre Mitglied der britischen Nazi-Partei „National Front" (NF) gewesen. Ende der 80er Jahre widmete er sich dem Kampf gegen die „IRA" und baute eine eigene paramilitärische Gruppe auf – eben die besagte UFF in West Belfast. Die Belfast- beziehungsweise die Shankill-Division der UFF hatte bis zu ihrem filmreifen Ende etwa 400 Mitglieder. Adair saß einige Jahre wegen „Anstiftung zum Terror" im Gefängnis und war bekannt dafür gewesen, dass er mit äußerster Härte gegen Abweichler aus den eigenen Reihen vorgehe. Auch sein Motto lautete: „Wer nicht für uns ist, ist gegen uns". Im Jahr 1999 „säuberte" er seinen Shankill-Bezirk in Belfast innerhalb von drei Wochen von den Menschen, die nicht für ihn waren. Insgesamt wurden bei dieser „Säuberungsaktion" rund 200 Familien aus dem Belfaster Bezirk Shankill von Adair und seiner UFF vertrieben.

Nach einer „AG-Südland"-Besprechung entschlossen wir uns, Kontakt zu Adair aufzunehmen, da wir der Ansicht waren, dass einige von den auf

Terror und Straßenkampf spezialisierten Mitgliedern der UFF bei entsprechender Zusammenarbeit in Südafrika zum Einsatz kommen könnten. In der Folgezeit kam ein reger Briefkontakt zwischen mir und Adair zustande und wir führten einige Telefongespräche. Wir vereinbarten, dass wir in Deutschland Informationen über kommunistische IRA-Unterstützer sammeln und an die UFF weitergeben würden, und im Gegenzug sagte uns Adair zu, einige Mitglieder der UFF als Ausbilder für Terror- und Straßenkampftechniken für Südafrika zur Verfügung zu stellen. Wir nahmen daraufhin Kontakt zu einer „Irland-Gruppe Köln" auf, von der wir wussten, dass sie IRA-Gefangene in Nordirland unterstützt. Wir bekamen von dieser „Irland-Gruppe Köln" eine Adressenliste mit den Namen von inhaftierten IRA-Aktivisten und Aktivistinnen. Des Weiteren ergab sich aus diesem Schriftwechsel der Name einer führenden Aktivistin dieser „Irland-Gruppe". Wir sendeten die Daten zu Adair, der daraufhin fürs Erste zwei seiner UFF-Aktivisten nach Südafrika abkommandieren wollte. Die Südafrikaner lehnten das Angebot nach einigem Hin und Her jedoch ab, mit der Begründung, „dass man sich aus historischen Gesichtspunkten (das heißt hauptsächlich wegen des Burenkrieges von 1899 bis 1902 gegen die Briten) nicht auf britische Unterstützung berufen möchte". Das hinderte die Südafrikaner allerdings nicht daran, die britischen Neonazi- und Skinhead-Broschüren, die ihnen Adair durch unsere Vermittlung zukommen ließ, mit großer Begeisterung zu lesen.

Obwohl Adair alle Voraussetzungen für eine starke Führungspersönlichkeit besaß, konnte auch er den internen Machtkampf, der seit langem zwischen den paramilitärischen Gruppen in Nordirland tobte, am Ende nicht für sich entscheiden. Anfang 2003 verloren er und seine West-Belfast UFF den entscheidenden Schlagabtausch mit rivalisierenden paramilitärischen Führern, der zahlreiche Leben forderte. Adair wurde erneut inhaftiert und der Großteil seiner Truppe desertierte und kehrte ihm den Rücken zu. Am Ende mussten Adairs Familie und rund 20 seiner noch verbliebenen Getreuen fluchtartig unter Militär- und Polizeischutz Belfast verlassen, als mehrere hundert Paramilitärs der Anti-Adair-Fraktion in den Belfaster

Bezirk Shankill stürmten, um endgültig die Fronten zu klären. Adairs Familie sowie die Reste seiner Truppe befinden sich nun in England und Schottland, wo sie unter permanenter Bedrohung ihrer ehemaligen Rivalen ein Leben im Exil führen.

Bei einem persönlichen Gespräch mit Adair drang tiefe Enttäuschung aus ihm hervor. Adair widmete 20 Jahre seines Lebens dem Ziel, „sein Land und seine Leute zu schützen, verbrachte elf Jahre davon im Gefängnis, überlebte 16 Mordanschläge der IRA, wurde von seiner Gemeinde zum Volkshelden aufgebaut und bis Mitte der 90er sogar noch vom britischen Militär mit Informationen und Waffen ausgestattet". Adairs Position in Nordirland erschien bis zum Ende als unantastbar und dennoch gelang es selbst einem Führer diesen Schlages nicht, mit den ewigen internen Machtkämpfen, die zwar in den seltensten Fällen so extrem wie in Nordirland ausgefochten werden, aber in ihrem Charakter für die gesamte internationale Nazi-Szene ebenso zum Alltag gehören, fertig zu werden. Der Fall Johnny Adair zeigt ebenfalls auf, wie schnell man von ganz oben nach ganz unten fallen kann, und dass in der Stunde, in der es drauf ankommt, nur die wenigsten „Kameraden", die sonst immer das Maul weit aufreißen, zu dem stehen, was sie sagen. Das heißt, in dem Moment, in dem die vielbeschworene Kameradschaft wirklich einmal herausgefordert wird, zerplatzt sie wie eine Seifenblase und übrig bleibt nur das einstige Phrasengedresche. Ich weiß, dass die meisten in der Nazi-Szene diese Erfahrung, in welcher Facette auch immer, bereits erleben durften. Auch ist es ein Fakt, dass Menschen wie Johnny Adair vom britischem Geheimdienst benutzt wurden, um die sogenannte Drecksarbeit zu erledigen, und man sie heute, wo ihre Präsenz nicht mehr ins veränderte politische Klima passt, ganz einfach fallen lässt.

Mir fällt allerdings im Zusammenhang mit Johnny Adair auch noch ein gewisser Paul S. B. ein, der die vergangenen Jahre in Berlin herumgeisterte. Paul ist Brite und wuchs in London auf, seit einigen Jahren bewegte er sich in Berlins Neonazi-Szene und versuchte, sich durch wilde Prahlerei einen Namen zu machen. Unter anderem behauptete er, eine Ausbildung im Straßenkampf von der IRA in Belfast erhalten zu haben. Da ich ein wenig

Einblick in die Verhältnisse in Nordirland und speziell in Belfast habe, weiß ich, was passiert, wenn ein britischer Nazi-Skin (eines der absoluten IRA-Feinbilder) zur IRA geht und dort eine Ausbildung haben möchte. Im mildesten Falle würde man ihn dort mit einem Schuss ins Knie des Weges verweisen oder ihm eine anderweitige körperliche Züchtigung erteilen. Auch konnte uns Adair eine Anwesenheit Pauls in der Vergangenheit auf britischer Seite in Belfast nicht bestätigen.

Kurze Rückblende. Im September 2002 brachte mich die „AG-Südland"-Arbeit nach Dänemark. Wir hörten von einer „Dänischen Nationalsozialistischen Bewegung" (DNSB) und, dass diese Organisation über einen eigenen Radiosender (Radio Oasen) verfügte. Wir waren der Meinung, dass es eine gute Sache wäre, zur DNSB zu reisen und dort für unsere südafrikanischen Kameraden vorzusprechen, unter anderem mit dem Ziel, eine Sondersendung über unsere „weißen Brüder in Südafrika" und ihren Kampf im „Radio Oasen" ausstrahlen zu können.

Wir nahmen also Kontakt zu Jonni Hansen, dem Führer der DNSB, auf und ich begab mich in Begleitung von drei KDS-Aktivisten nach Greve in Dänemark zum berüchtigten DNSB-Hauptquartier. Das DNSB-Haus glich einer Festung, die Fenster waren mit Stahlgittern versehen, man hatte Kameraüberwachung und das ganze Grundstück war umgeben von einem hohen Zaun, der am oberen Ende mit NATO-Stacheldraht bestückt war. Auf dem Gelände befand sich ein Fahnenmast, eine Feuerstelle sowie Tische und Bänke für diverse Nazi-Zeremonien. Auch stand der durch die Medien bekannte große „Hakenkreuzgrill" für die Kameradschaftsabende, mit Bier und Fleisch, allzeit bereit. Im Haus gab es neben der Radiostation, die voll gestopft mit Nazi-CDs war, im Keller einen großen Raum für Versammlungen und einen für Besprechungen, der mit Stereoanlage, Fernseher, Videorekorder sowie Hunderten von Nazi-Videos ausgestattet war. Im oberen Geschoss befanden sich neben den Privaträumen von Hansen, dessen Familie ebenfalls im Haus lebte, eine Druckerei, ein großer Raum mit Computeranlagen und Internetanschluss sowie ein Gästezimmer. Das Haus hatte auch noch ein kleines Außenzimmer, in dem die DNSB CDs, T-Shirts mit Hakenkreuzen und andere Nazi-Devotionalien verkaufte. Ansonsten war das ganze Haus dekoriert mit Hakenkreuzfahnen, Emblemen und Devotionalien aller Art.

Hansen, der DNSB-Führer, ist Ende dreißig und kein politischer Abenteurer, wie sie sich in der deutschen Nazi-Führung zuhauf finden. Er weiß genau, was er tut, vertraut auf die Zeit und würde sich nur im äußersten Fall zu gewalttätigen Aktionen hinreißen lassen – dann aber macht er keine halben Sachen. Einmal zum Beispiel, als vor ein paar Jahren eine der wenigen linken Demonstrationen vor dem DNSB-Haus stattfand und Autonome mithilfe einer Kettensäge durch den Zaun auf das DNSB-Grundstück zu gelangen versuchten, fuhr Hansen ohne zu zögern mit seinem Pkw durch die Menge der Demonstranten. Nach seinen Angaben „flogen die Schuhe nur so durch die Luft". Er verletzte einige Demonstranten schwer und wurde für diese Sache zu anderthalb Jahren Gefängnis verurteilt, von denen er allerdings nur die Hälfte absitzen musste. Hansen ist nicht der Mensch, der von sich aus losziehen würde, um andere zu überfallen, aber der oben geschilderte Vorfall zeigt doch deutlich, dass Hansen zu einigem fähig ist, damit er seine Politik ungestört weiter betreiben kann – auch wenn er dazu Menschen überfahren muss.

Eine weitere Extremität war, als sich Ende der 90er Mitglieder der DNSB mit britischen Combat-18-Aktivisten zum Zweck einer Briefbombenkampagne zusammenfanden, bei welcher vor allem prominente britische Antifaschisten Ziel dieser Anschlagsserie wurden.

Im Rahmen der DNSB setzt Hansen nicht auf Masse, sondern auf Qualität. Er arbeitet emsig am Ausbau der Logistik und Infrastruktur seiner Organisation. Eine eigene Nazi-Festung, eine eigene Druckerei für DNSB-Propaganda sowie die organisationseigene Zeitung, einen eigenen Radiosender (Radio Oasen sendet 61 Stunden in der Woche Nazi-Propaganda und wird nach Hansens Angaben vom dänischen Kulturministerium mit umgerechnet 10.000 Euro jährlich gefördert), ein Versandgeschäft und anderes mehr – und alles für eine vergleichbar kleine Nazi-Organisation. Das zeigt, dass man es hier nicht mit dumpfen Schlägern zu tun hat.

Allerdings wird das makellose Nazi-Image, das die DNSB mit aller Energie versucht nach außen hin darzustellen, ein wenig getrübt, wenn man etwas tiefergehende Einblicke in die Organisation bekommt, da auch hier bei einem Großteil der Mitglieder „unarische" Verhaltensmuster festgestellt werden können, welche nicht selten im heimlichen Konsum von Haschisch enden. Dies wird allerdings als eine Art offenes Geheimnis unterm Tisch gehalten.

Ein weiterer schwarzer Fleck auf der weißen Weste der DNSB ist, dass Hansens Mutter eine langjährige Beziehung mit einem Marokkaner hatte, aus welcher ein gemeinsamer Sohn hervorging. Dennoch bestätigt Hansen ein gutes Verhältnis zu seiner Familie.

Wer einmal in den zweifelhaften Genuss kam, Hansens Ansichten bei internen Unterhaltungen lauschen zu dürfen, der weiß, dass man nach seinem Standpunkt z.B. alle „Rassenvermischer sofort erschiessen" müsse.

Was allerdings aus seiner Mutter sowie seinem Halbbruder nach einer von ihm angestrebten nationalsozialistischen Machtübernahme werden solle, bleibt sein Geheimnis.

Eine weitaus delikatere Angelegenheit für die DNSBler ist die Geschichte von Hansens Vorgänger, dessen Namen man am liebsten aus den Parteimemoiren ausradieren möchte. Der frühere DNSB-Führer Polv Rijs-Knudsen war zeitgleich Mitglied der „World Union of National Socialists" und Leiter der europäischen Sektion dieser Organisation. Er war zudem ein enger Freund der amerikanischen Nazi-Ikone George Lincoln Rockwell dessen Buch „White Power" wie eine Bibel in der internationalen NS-Szene gehandelt wird. Alles in allem war Polv Rijs-Knudsen ein Führer von hohem Profil und besaß zu seiner Zeit einen weitaus größeren Bekanntheitsgrad in der Szene als Hansen dies heute für sich in Anspruch nehmen kann. Rijs-Knudsen war Lehrer von Beruf und das „parteiinterne Chaos" begann, als sich Rijs-Knudsen Anfang der 90er in eine muslimische Schülerin verliebte und bereits monatelang in einer festen Beziehung mit dem Mädchen stand, bis die „Angelegenheit" schließlich für die Kameraden ans Tageslicht kam. Von Hansen und den Kameraden zur Rede gestellt, entschied sich Rijs-Knudsen dann zur Krönung der Kameraden für die Beziehung zu dem muslimischen Mädchen und somit gegen die bis dahin von ihm propagierte rassistische Ideologie. In der Konsequenz folgte sein Rücktritt, in dessen Zuge Jonni Hansen die Führung der DNSB an sich riss.

Landesweit hat die DNSB rund 50 Mitglieder, von denen die meisten allerdings aus Greve selbst kommen. Ein paar Mitglieder gibt es noch in Kopenhagen. Das Durchschnittsalter der DNSB-Aktivisten liegt bei etwa 28

Nick Greger und der Anführer der DNSB **1** SA-Hemd mit Sturmriemen **2** Dänische Flagge **3** Odalrune **4** Sonnenrad **5** Hakenkreuzflagge und Ärmelband **6** Dänemark

Jahren. Wenn man sich das Durchschnittsalter in der deutschen Nazi-Szene anschaut, das wohl um die 16 bis 17 Jahre liegt, dann bemerkt man, dass man es in der dänischen Szene nicht mehr mit pubertierenden Jugendlichen zu tun hat, sondern durchaus von einer gewachsenen Kaderstruktur ausgehen kann.

Die DNSBler sind allerdings enttäuscht über die wenigen Besucher beziehungsweise Kameraden, die ihr Haus anzieht. Gerade von Deutschland hätten sie mehr gleich gesinnte Gäste erwartet. Man sollte aber nicht denken, die dänischen Kameraden wären isoliert. Es besteht eine gute Zusammenarbeit mit der schwedischen „Nationalsozialistischen Front" (NSF), die über 300 Mitglieder zählt, sowie auch zu vereinzelten finnischen Neonazis, die sich an die DNSB anlehnen. Des Weiteren besteht nach wie vor eine enge Zusammenarbeit mit Gary Laucks NSDAP/AO in den USA. Ab und an kommt auch der Führer der US-Nazi-Organisation „White Revolution" zu Besuch ins DNSB-Haus, um dort Reden zu schwingen. Die „White Revolution" ist ebenfalls eine kleine Organisation, von der Logistik und Infrastruktur her jedoch vergleichbar mit der DNSB.

Auch wurde vor zwei Jahren der DNSB-Führungsaktivist Torben Have in den Irak eingeladen, wo er sich mit irakischen Regierungsvertretern traf. Vermutlich ging es dabei um die Finanzierung antiamerikanischer Kampagnen in Dänemark, ähnlich, wie es auch bei der KDS-Führung gewesen war, als Michael Koth in den Irak eingeladen worden war. Allerdings hatte sich Koth ein bisschen zu lange Zeit gelassen, so dass ihm der Krieg dazwischen kam. Mein persönlicher Eindruck von Hansen und seinen DNSBlern war, dass diese Kameraden im Vergleich zu deutschen Gruppen weitaus gereifter und selbstdisziplinierter sind. Die Gespräche mit Hansen waren im Vergleich zu Gesprächen mit anderen Führern auch wesentlich angenehmer. Es sei aber dazu gesagt, dass Hansen, was die Intelligenz angeht, weit hinter so manch anderen Führern ansteht, und er mit Sicherheit nicht Führer der DNSB geworden wäre, wenn er nicht das Kreuz eines Ringers hätte, welches sozusagen als Intelligenzersatz seine Autorität stützt.

Wie dem auch sei, am Ende meines Besuches, stand Hansen in E-Mail- sowie auch telefonischem Kontakt mit der „Wiking-Gruppe Kapstadt“ und erklärte sich bereit, eine Sondersendung über die südafrikanischen Kameraden im „Radio Oasen“ in Dänemark auszustrahlen.

Anfang April 2003, nachdem ich es geschafft hatte, fast ein Jahr in Freiheit zu verbringen – zwar politisch hochaktiv, aber ohne eine Strafanzeige zu ergattern –, war der Tag gekommen, an dem der Stellungsbefehl zum Strafantritt meiner widerrufenen Bewährung in mein Postfach flatterte. Alle Versuche, über meinen Anwalt diese Sache zu umgehen, waren zum Scheitern verurteilt. Das „System" hatte seinen Deal gebrochen, die V-Mann-Affäre war längst vergessen, man wollte mich wieder im Knast sehen und ich brauchte auf ein Einlenken des Gerichts gar nicht mehr zu hoffen. Es war nun also wieder einmal soweit, dass der Weg zu Ende war, dieses ekelhafte Empfinden, dass man vor einer Wand steht und es keinen Ausweg mehr gibt. Doch diesmal kam kein Gefühl eines Schocks oder der Verzweiflung mehr bei mir auf, denn dazu war ich von Hass schon zu zerfressen. Es war diesmal eher so, als würde mir endgültig der Kragen platzen, als müsste ich ein Ventil finden, um den Überdruck an angestautem Hass ablassen zu können, bevor ich explodierte. In jedem Fall war klar, dass ich mich weder stellen würde noch vorhatte, mich nochmals vom Justizapparat mit allen Schikanen drangsalieren zu lassen. Es kam für mich nur eins in Frage: es dem verhassten System unmöglich zu machen, mich nochmals in die Finger zu kriegen. Etwas Entscheidendes musste geschehen, und zwar das Ausbrechen aus allem bisher Vertrauten.

Nachdem ich dann schon wieder zwei Monate mit Haftbefehl gesucht worden war, reifte der Entschluss in mir, Deutschland ein für alle Mal zu verlassen, um mich aktiv in den Kampf um einen weißen Volksstaat in Südafrika einzubringen, und dies an vorderster Front. Damals war ich der Meinung, dass wir den Kampf um Südafrika – zumindest um einen Teil – in jedem Fall gewinnen könnten. Am Ende sollte für mich eine Zukunft in einem Staat stehen, in dem ich fern von Multikultur, „Rassenmischung", liberalem Geschwätz und halt einfach fern von sämtlichen Feindbildern, mein Leben als Neonazi zelebrieren könnte, ohne dass mir dabei ständig Polizei und Geheimdienste auf die Nerven gingen. Und ich sollte diesen Staat auch in einer Art Miniaturausführung in der Halbwüste der südafrikanischen Nordkap-Provinz finden – aber dazu später Konkretes.

Als Erstes machte ich mir einen Plan, wie ich trotz Fahndung aus Deutschland entkommen könnte. Am Ende sah meine Flucht so aus, dass ich meine Reisetasche mit Neonazi-Propaganda aller Art voll stopfte und derart ausgerüstet mit dem Zug nach Greve in Dänemark zu meinen alten DNSB-Freunden fuhr. Da es keine Grenzkontrollen mehr gab, war es kein Problem, dem BRD-Polizeiapparat zu entkommen. Mein Plan war, zuerst ein paar Tage im DNSB-Hauptquartier auszuspannen und dann von Kopenhagen aus über London nach Südafrika zu fliegen. Ich bezweifelte arg, dass man mich wegen eines lächerlichen Jahres Haft in ganz Europa suchen würde. Angekommen im DNSB-Haus, gab es noch eine Versammlung, an der neben den Dänen auch Kameraden aus Schweden und Finnland teilnahmen. Man tauschte sich noch ein wenig untereinander aus und am Ende bekam ich von jedem noch weitere NS-Devotionalien, die ich mit den besten Grüßen aus Skandinavien den Kameraden in Südafrika übergeben sollte.

Drei Tage später saß ich im Flugzeug nach Kapstadt. Es gab keine Probleme bei den Kontrollen und man mag es nicht glauben, aber ich musste weder in Kopenhagen noch in London meinen Pass aus der Hand geben. Es wurde nichts überprüft. Am internationalen Flughafen in Kapstadt passierte ich die letzte Kontrolle ohne Probleme. Man hätte mich ebenso gut mit einem internationalen Haftbefehl suchen können, es hätte niemand gemerkt.

Da stand ich dann mit meiner „Propaganda-Reisetasche" im wunderschönen Kapstadt. Ich stand sicher zwei Stunden einfach nur da und ließ den Tafelberg sowie die Freiheit auf mich wirken. Ich hatte ein unglaublich tolles Gefühl, eine Mischung aus trotzigem Stolz und „Ich hab's geschafft". Da stand ich und strahlte und lächelte einfach nur um mich herum, als plötzlich ein ungefähr 18-jähriges bildhübsches Mädchen, ich denke sie war englischer Abstammung, zu mir kam und sich für das „schöne Lächeln", das ich von mir gab, bedankte. Da gingen mir diverse Sozialarbeiter, Psychologen, Polizisten, Richter, Justizbeamte und andere Geister meiner Vergangenheit durch den Kopf und ich dachte mir einfach nur noch: „Jetzt könnt ihr mich alle mal am Arsch lecken!"

Als Erstes suchte ich meine alten Bekannten von der „Wiking-Gruppe“ auf und besuchte rechte „Widerstandsgruppen“ in der Provinz Westkap, zu denen wir die letzten Jahre von Deutschland aus hatten Kontakt aufbauen können. Meine „Westkap-Tour“ führte mich unter anderem – inklusive Belleville – zu Kameraden nach Morresburg, Malmesburry, Stellenbosch, Paarl und Cidrusdal. Innerhalb von einer Woche gelang es mir, ein gutes Dutzend versprengter rechtsradikaler Südafrikaner zu rekrutieren und in einer eigenen „AG-Südland-Gruppe-Westkap“ zusammenzufassen. Zudem ließ ich meinen bereits seit 1999 bestehenden Kontakt zu einem alten Nazi spielen, der in den Bergen bei Cidrusdal in Westkap eine 2.000 Hektar große Farm besaß. In den folgenden Tagen sammelten wir uns auf der besagten Farm, um auch die neuen Kameraden, die zwischen 20 und 28 Jahre alt waren, auf eine kommende Entscheidungsschlacht um Weißsüdafrika vorzubereiten beziehungsweise einzustimmen. Hierbei übernahm ich die ideologische Schulung. Ein aus dem Angola-Krieg mit den entsprechenden Kenntnissen ausgestatteter Veteran machte die Ausbildung an Waffen und lehrte Nahkampftechniken. Des Weiteren wurden Strategien und Praktiken im Partisanenkampf sowie Verhaltensregeln im Buschkrieg vermittelt. Entgegen den Vermutungen deutscher Staatsschützer kann ich versichern, dass nicht schon 1999, wie mir unterstellt wurde, sondern erst zu diesem Zeitpunkt in Südafrika ausgebildet wurde.

Jetzt wird sich so mancher fragen, ob wir denn keine Probleme mit der südafrikanischen Polizei wegen unserer Kriegsspiele auf der besagten Farm bekamen. Außer der Tatsache, dass das Hantieren mit Waffen und dergleichen in Südafrika nicht strafbar ist, zumindest nicht auf Privatbesitz, möchte ich dazu noch ein Beispiel nennen, das typisch für die Polizeipräsenz in Südafrika ist. Als ich beobachtete, wie ein zwölfjähriges Mädchen der Nachbarsfarm regelmäßig mit dem Wagen ihres Vaters durch die nächstliegenden Ortschaften fuhr, um ihre dortigen Freunde zu besuchen, war ich doch etwas verwundert. Ich fragte also, ob es denn keinen Ärger mit der Polizei geben könne, wenn ein zwölfjähriges Mädchen, das nur mit Mühe und Not übers Lenkrad schauen kann, mit einem Auto durch die

Gegend braust. Die Antwort, die ich bekam, war: „Kannst du hier irgendwo Polizei sehen?“ Es ist wirklich ein Wunder, dass trotz der mangelnden Polizeipräsenz, vor allem auf dem Lande, die Kriminalität noch keine anarchistischen Ausmaße angenommen hat.

Als ich meinen Aufenthalt in Westkap fürs Erste als erfolgreich ansehen konnte, beschloss ich, dass es nun endlich an der Zeit wäre, den kleinen legendenumwobenen weißen Volksstaat, von dem mir schon öfter berichtet worden war und der in der Steppenlandschaft 150 Kilometer südlich der Stadt Kimperly liegt, aufzusuchen, um ein konkretes Bild davon zu bekommen, ob sich dieses Gebiet als Operations- und Rückzugsbasis für den in Zukunft zu erwartenden ethnischen Konflikt zwischen Weiß und Schwarz eignete. Am 14. August 2003 kam ich dann im 800 Kilometer von Kapstadt entfernten rassistischen Volksstaat an.

Nick Greger vor dem Ortseingangsschild von Orania

Das „Orania-Volksstaat-Projekt“ hat seine Wurzeln in den 80er Jahren und wird maßgeblich von einem gewissen Professor Carel Boshoff getragen. Boshoff war seit den 70er Jahren in verschiedenen politischen und kulturellen Vereinigungen in führender Position tätig. In unserem Zusammenhang sind vor allem die freimaurerähnliche Loge „Bruderbund“ sowie Einrichtungen wie das „Südafrikanische Büro für Rassenangelegenheiten“ (SABRA), die „Afrikaner Volkswache“ (AV) und die „Afrikaner Freiheitsstiftung“ (Avstig) zu nennen. Zudem ist Boshoff der Schwiegersohn des 1966 bei einem Attentat ums Leben gekommenen ehemaligen südafrikanischen Ministerpräsidenten Hendrik Frensch Verwoerd. Carel Boshoff wurde am 9. November 1927 in der Provinz Nordtransvaal in Südafrika geboren und wuchs auf dem Land auf. An der Universität von Pretoria wurde er Pastor der Niederdeutsch-Reformierten Kirche. Nebenbei studierte er Völkerkunde und Soziologie und war unter anderem bis Ende der 80er Jahre als Dozent an der Universität Pretorias tätig. 1988 reichte Boshoff an der Universität von Pretoria freiwillig seinen Rücktritt ein. Von da an wollte er seine gesamte Energie der Organisation „Afrikaner Volkswacht“ widmen und damit sein Leben der Arbeit für einen weißen Volksstaat weihen.

Ende 1990 kaufte er mit einigen Gleichgesinnten für circa 1,5 Millionen Rand in der Karoowüste von Nordkap das Dorf „Orania“, das allerdings eher einer Niederlassung als einem Dorf im eigentlichen Sinne glich. Den Anfang machte man in Orania mit rund zehn Menschen und das Dorf selbst soll heute zum Kern des beabsichtigten Volksstaates ausgebaut werden. Außer den verschleierten Informationen aus zwei Telefongesprächen, die ich im Vorfeld meiner Reise nach Orania mit Boshoff führte, war das auch alles, was ich über Orania wusste. Ich ging davon aus, dass ich in Orania vielleicht zehn Häuser und ein paar verlassene AWB-Aktivisten vorfinden würde, aber nach meiner Ankunft in Orania war ich doch erstaunt, mit welchem Eifer diese Rassisten-Organisationen seit 1990 an ihrem „Volksstaatprojekt“ gebastelt hatten.

Mittlerweile umfasst der kleine weiße rassistische Volksstaat rund 5.000 Hektar Land, auf dem insgesamt 200 Häuser stehen und an die 700 Menschen leben dürften. Noch unglaublicher ist die heutige Infrastruktur Oranias: Es gibt zwei Schulen, auf die insgesamt 80 Schüler gehen, ein Hospital für kleine Eingriffe – unter anderem auch für Entbindungen und allgemeinmedizinische Versorgung –, ein Freizeitzentrum, eine Bibliothek, eine Post, zwei Museen, ein Schwimmbad und zwei Goldschmieden, deren Gilde fünf Mitglieder umfasst und in denen Gold, Silber und Diamanten auf alle Arten bearbeitet werden. Des Weiteren fand ich einen eigenen Radiosender, ein betreutes Alterswohnheim, eine Jugendherberge, drei Lebensmittelgeschäfte, einen Zahnarzt, eine Tankstelle, einen Friedhof sowie drei Kirchen vor. In Orania sind vier Glaubensrichtungen, auf die ich später noch zu sprechen komme, vertreten. Als Finanzbeschaffungsmaßnahme haben sich die Rassisten eine eigene kleine Industrie und Landwirtschaft aufgebaut. So gibt es ein Stahlwerk, in dem ungefähr zehn Menschen beschäftigt sind. Hauptsächlich werden Landwirtschaftsmaschinen produziert, die dann nach Aussagen Boshoffs in Südafrika sowie in seltenen Fällen in die USA verkauft werden. Ansonsten gibt es eine Holzverarbeitungsstelle und eine recht ansehnliche Kfz-Werkstatt. Landwirtschaftlich werden Tierfutter, Weizen, Tomaten und Pekannüsse en gros angebaut – offensichtlich mit großem Erfolg.

Die Industrie, die Landwirtschaft sowie alles andere in Orania sind in Privatbesitz, wodurch Orania in Südafrika durchaus eine Art Autonomiegebiet ist. Zutritt für Schwarze ist strengstens verboten. Auf meine Frage, warum sich Boshoff ausgerechnet das ungastliche Nordkapgebiet für seinen Plan ausgesucht habe, bekam ich von ihm zur Antwort, dass in Nordkap lediglich drei Prozent der Gesamtbevölkerung lebten, obwohl das Nordkap rund ein Drittel des Landes ausmache. Sein Plan ist es, in dieser menschenleeren Gegend Stück für Stück weiteres Land aufzukaufen, um den geplanten Volksstaat einmal zur entsprechenden Größe auszubauen. Noch hat Orania lediglich einen autonomen Status und so mancher Leser fragt sich jetzt, ob es die südafrikanische Regierung wirklich zulassen würde, wenn weiße Rassisten auf südafrikanischem Boden ein Gebiet heraustrennten und ihren eigenen Staat ausriefen.

Zur Belehrung sei gesagt: Im südafrikanischen Grundgesetz ist ein Artikel niedergeschrieben, der besagt, dass das Streben nach einem Volksstaat nicht unterbunden wird. Wäre dem nicht so, hätten die Oranier als Separatisten ein Verbrechen dem Staat gegenüber begangen. Es ist eine Tatsache, dass dieses Ergebnis durch Verhandlungen erreicht worden ist, durch Verhandlungen, die schon vor der Wahl 1994 (bei der das endgültige Aus der weißen Vorherrschaft sowie der Apartheid-Politik im südlichen Afrika besiegelt wurde) stattgefunden haben. Der letzte Schliff der Grundgesetzschreibung fand seine Verwirklichung in Grundsatz 34, in dem Vorsorge für einen „Volksstaatsrat" getroffen wurde, der auf Staatskosten diesbezügliche Untersuchungen durchführt und beratschlagt. Im Grundgesetz ist dieser Grundsatz übernommen und als Artikel 235 niedergeschrieben worden. Es ist nicht auszuschließen, dass die weißen Rassisten Südafrikas eines Tages ihr eigenes Staatsgebiet ausrufen, und dabei können sie sich dann sogar auf die neue südafrikanische Verfassung, also die Verfassung ihrer Feinde, berufen.

In Orania sammelten sich nach und nach die radikalen Elemente der weißen Gesellschaft Südafrikas. Ebenso wie in der ultrarechtsradikalen Organisation „Burenmacht" (auf die ich ebenfalls noch ausführlicher eingehen werde) kamen in Orania Mitglieder der AWB, der Buren-Widerstandsbewegung (BWB), der Wiedergestifteten Nationalen Partei (HNP), der Burenstaat-Partei (BSP) sowie organisationsunabhängige Radikale zusammen.

Der offizielle politische Arm Oranias ist allerdings eine Partei mit Namen „Freiheitsfront" (VF), die auch im Nordkap-Parlament (vergleichbar mit einem deutschen Landtag) vertreten ist. Den Radikalen in Orania ist Boshoff sowie die VF jedoch „zu liberal". Nach meiner Einschätzung stehen lediglich zwanzig Prozent der Oranier hinter Boshoffs Verhandlungspolitik. Die überwiegende Mehrheit von achtzig Prozent vertritt weitaus radikalere Positionen. Die Folge dieser Fraktionskämpfe ist, dass das Leben in Orania von gegenseitigem Misstrauen überschattet wird.

Einer der Ultraradikalen ist Nicholas C. Als Mitglied der „Burenmacht" saß er ein Jahr im Gefängnis und seit einiger Zeit organisiert er die nächtlichen Patrouillengänge und -fahrten in Orania, immer auf der Suche nach einem schwarzen Eindringling, an dem man sich „austoben" kann. Eines Tages war es dann auch soweit, als ein paar verirrte Schwarze, die nicht aus der Region stammten, am äußersten Rande Oranias auf der Suche nach Lebensmitteln in einen Laden Oranias einbrachen und von Nicholas und seinem Trupp aufgegriffen wurden. Was folgte, war ein mehrstündiges Martyrium für die gebeutelten Schwarzen. Eine Art von „Gestapo-Verhör" mit vielen Schlägen und Tritten. Als Nicholas' Truppe dieses „Herrenmenschen"-Ritual als beendet ansah, wurden die gepeinigten Schwarzen vom Gelände eskortiert und ihrem Schock überlassen.

Weit weniger brutal ausgerichtet – vielleicht könnte man sich darüber noch amüsieren, wenn es denn nicht so traurig wäre – sind die verschiedenen religiösen Glaubensrichtungen in Orania. Speziell möchte ich hier auf eine Kirche – wir würden sie wohl als Sekte bezeichnen – eingehen, die sich „Israel Wahrheit" beziehungsweise „Israel Vision" nennt und ihre ganz eigene Interpretation der Bibel betreibt. Nach Aussagen dieser Kirche bedeutet der Name „Adam" nichts anderes als „die Kunst des Errötens". Da ein Schwarzer diese „Kunst des Errötens" aufgrund seiner Hautfarbe nur schwerlich zu erkennen geben kann, ergibt sich für die „Israel Wahrheit" die logische Schlussfolgerung, dass die Bibel ausschließlich für Weiße geschrieben ist und die Schwarzen lediglich Kreaturen des Satans sind. Im Übrigen sieht man die Juden als Betrüger an, denn die eigentlichen Israeliten seien die „arischen Menschen". Man kann sich nicht vorstellen, dass Menschen derartige geistige Amokläufe zur Lebensphilosophie erheben, aber es ist eine Realität, dass es im südlichen Afrika viele Anhänger dieser Sekte gibt und angeblich soll sie sogar international agieren. Ich selbst erlebte einen „Israel-Wahrheit-Gottesdienst" in Orania mit, bei dem sich der Pastor vor rund 150 begeisterten Gläubigen zwei Stunden lang an Hasstiraden gegen Juden und Schwarze ergötzte. Zu solchen Gottesdiensten werden sogar Kleinkinder mitgeschleppt.

Ein weiteres Erlebnis hatte ich in der „Reformierten Kirche" in Orania, die im totalen Kontrast zur „Israel Wahrheit" stehen dürfte. In dieser Kirche predigte der Pastor davon, dass alle Menschen, die an Gott glauben, Brüder sind – ohne Ausnahme – und dass alle Gottgläubigen im Paradies zusammenleben werden. Am Ende dieses Gottesdienstes fragte ich einen mir gut bekannten Teilnehmer, was denn diese Aussage jetzt zu bedeuten habe. Sei es nicht ein Irrsinn, das ganze Leben für eine getrennte Entwicklung (Apartheid) zwischen Weiß und Schwarz zu kämpfen, wenn wir am Ende im Paradies sowieso alle zusammensäßen? Auf diese Frage bekam ich ratlose Blikke zur Antwort. Mein Bekannter wollte aber in der Bibel nachlesen, denn da stünde mit Sicherheit eine Antwort auf meine Frage. Die Antwort ist er mir bis heute schuldig geblieben.

Wie reagieren Oranias umliegende Nachbarn auf alles, was sich dort abspielt? Nun, die weißen Farmer sind begeistert und schicken ihre Kinder sogar auf Oranias Schulen. Die Schwarzen aus der Region haben Angst und sind einfach nur eingeschüchtert. Mitten in diesem Wahnsinn bewegte ich mich, verteilte die NS-Devotionalien und Skinhead-Musik-CDs, die ich aus Deutschland und Dänemark mitgebracht hatte, und gründete auch hier eine neunköpfige „AG-Südland-Gruppe Orania“, bei der ich jedoch darauf bestand, dass die Religionsdebatten außen vor blieben.

Mitte September kam es dann zu einem Zwischenfall auf einer rund 40 Kilometer weit entfernten Farm. Der dortige Farmbesitzer klagte, dass seine schwarzen Arbeiter streikten und die Bewässerungsanlagen sowie Landwirtschaftsmaschinen demolierten. Er selbst würde bedroht und müsste sich im Haus verbarrikadieren, sagte er am Telefon. In Windeseile wurde in Orania ein Hilfstrupp für den besagten Farmer in Bewegung gesetzt und eine Stunde später war ich mit zwei Kameraden unserer Gruppe vor Ort. Als unser kleiner Konvoi, der aus vier Pkw bestand, auf das Gelände der Farm brauste und wir aus den Autos heraus Warnschüsse in die Luft abfeuerten, versprengten sich die streikenden Arbeiter in alle Richtungen. Nur ein paar Entschlossene blieben zurück und legten es auf eine Konfrontation mit uns an. Es gab ein Handgemenge, gegenseitige Beschimpfungen und am Ende Gewehrkolbenschläge in die Gesichter der Schwarzen, die sich dann ebenfalls zur Flucht entschlossen. Im Anschluss durchforsteten wir Stück für Stück das Gelände, um sicher zu gehen, dass sich nicht irgendwo noch ein

Schwarzer herumtrieb. Wir kampierten zur Sicherheit noch zwei Tage auf der Farm und zogen dann, ohne dass es zu weiteren Zwischenfällen kam, ab.

Im weiteren Verlauf meines zweimonatigen Aufenthaltes in Orania widmeten wir uns dem Aufbau von Struktur und Logistik unserer Gruppe. Es kamen auch regelmäßig Reporter nach Orania gereist, um über die dortigen Vorkommnisse zu berichten. Ich war dabei vor allem bei holländischen Fernsehteams und deutschen Journalisten ein gefragter Interviewpartner. Boshoff und seine Fraktion beobachteten mein Agieren in Orania zusehends mit Sorge, während die radikalere Fraktion sich meiner Anwesenheit erfreute und mich mehr und mehr in die innersten Kreise der rassistischen „Widerstandsbewegungen" Südafrikas brachte.

Durch meine Aktivitäten in Orania, an denen sich auch die dortigen AWBler und „Burenmacht“-Mitglieder beteiligten, erfuhr auch Piet Venter, der Führer der „Burenmacht“ in der Provinz „Freistaat“, von meinem Aufenthalt in Südafrika und so kam es, dass ich Anfang September 2003 eine Einladung von Venter zu einem Treffen der „Burenmacht“ in Bloemfontein auf seinem Grundstück bekam. Zur Erklärung sei gesagt, dass die „Burenmacht“ eine parteiübergreifende rassistische Bewegung ist, die vor drei Jahren von den radikalsten Elementen aus der AWB, BWB, HNP, BSP und anderen gegründet worden ist. Ihr Ziel ist, durch bewaffneten Kampf die weiße Vorherrschaft über das südliche Afrika zurück zu erlangen. Anders als bei der europäischen Nazi-Szene kommt bei den weißen Rassisten Südafrikas ein religiöser Fanatismus dazu (siehe auch „Israel Wahrheit“), das heißt, man ist der festen Überzeugung, im Auftrag Gottes zu handeln. Die Mitgliederzahl der „Burenmacht“ ist schwer zu schätzen, allerdings lässt sich ihre Struktur mit der so genannten freien Kameradschaftsszene um den norddeutschen Neonazi-Chef Christian Worch vergleichen, also einem Netzwerk von vielen Gruppen. Jedoch hapert es im Vergleich zur deutschen Szene bei den Südafrikanern arg an der Logistik, was der Gefährlichkeit dieser Gruppen aber keinen Abbruch tut.

Um nur ein Beispiel aus der jungen Geschichte der „Burenmacht“ zu nennen: Vor zwei Jahren wurde eine dieser „Burenmacht“-Gruppen, die aus 27 Mitgliedern bestand, in Pretoria verhaftet. Die Pretoria-„Burenmacht“-Gruppe plante, das Regierungsgelände von Pretoria zu besetzen und hortete für diese Aktion Unmengen an Waffen und Sprengstoff. Im Vorfeld ihrer Verhaftung verübte diese Gruppe zahlreiche Sprengstoffanschläge. Alles in allem war sie fest dazu entschlossen, einen politischen Umsturz, zur Not auch im Alleingang, zu erzwingen.

Venter selbst ist nicht weniger fanatisch als seine „Burenmacht“-Kameraden in Pretoria und zur rechten Zeit zu allem bereit. Nicht umsonst ist er der Führer der „Burenmacht“ in der Provinz „Oranje-Freistaat“ (die Fläche der Provinz „Freistaat“ ist vergleichbar mit der Größe der Bundesrepublik Deutschland). Venters Persönlichkeit verkörpert eine extreme Mischung aus rassistischem Gedankengut, religiösem Fanatismus, Verzweiflung und Weltfremdheit. Unser erstes Gespräch ging hauptsächlich darum, zu welchem Zeitpunkt man gegen das verhasste kommunistische ANC-Regime* losschlagen solle, woher man mehr Waffen organisieren könne, und immer wieder fragte er mich, wie die Buren das Morden und Vergewaltigen an ihren Frauen und Kindern stoppen könnten. Venter sprach dabei so, als wären nur die Weißen von der explodierenden Kriminalität betroffen und als wäre es ein politischer Plan des ANC, die Kriminalität gezielt gegen Weiße zu steuern.

Die Realität sieht natürlich ganz anders aus. Zieht man die Kriminalstatistiken heran, wird man feststellen, dass die weißen Opfer lediglich einen winzigen Prozentsatz ausmachen und die Masse der Kriminalität von Schwarzen an Schwarzen begangen wird. Im entfernten Otjiwarongo in Namibia stellte mir einige Monate später ein Schwarzer haargenau dieselbe Frage: „Wie können wir das Morden und Vergewaltigen an unseren Frauen und Kindern stoppen?“ Dies macht deutlich, dass Mord und Totschlag an der Südspitze Afrikas nicht rassistischen Motiven entspringen. Freilich gibt es vereinzelte Ausnahmen, aber die finden sich ebenso in Europa wie überall auf der Welt.

In den folgenden Wochen gab es weitere Treffen auf Venters Grundstück, bei denen auch „Burenmacht“- und AWB-Aktivisten aus der über 500 Kilometer weit entfernten Nordtransvaal-Provinz angereist kamen. Auf meine Initiative hin wurden Internet-Kontaktadressen zu NS-Organisationen weltweit ausgetauscht, ein Finanzplan erstellt sowie die Gründung eines rechtsradikalen Versandhandels als zusätzliche Geldquelle beratschlagt. An die jungen Aktivisten wurden wie immer stapelweise Skinhead-Musik-CDs mit rassistischen Texten verteilt. Im Anschluss zogen wir in mehreren Gruppen zu einer Plakatklebeaktion ins Innere der Stadt. Am Ende dieser Aktion war der Stadtkern von Bloemfontein dekoriert mit rassistischen Plakaten der „Burenmacht“, auf denen das Apartheid-Denken glorifiziert wurde.

Bei einem weiteren Besuch in Bloemfontein ging es mit einer Hand voll junger „Burenmacht“-Aktivisten zum Propaganda-Einsatz in eine örtliche Discothek, die den Namen „Wiesbaden“ trug. Vollgepackt mit NSDAP/AO-

*ANC = African National Congress

Der Anführer der "Burenmacht" und Nick Greger vor der AG-Südland-Fahne, Nick Greger in der Diskothek "Wiesbaden" in Bloemfontein (Südafrika)
1 Sonnenrad 2 Pullover "Consdaple" 3 T-Shirt "Afrikaner Widerstandsbewegung" (AWB) mit der Aufschrift "Whiteland" und einer Triskele (Dreifuß aus drei Siebenen)

(die berüchtigten Hakenkreuzaufkleber) und „Burenmacht"-Propaganda betraten wir die Discothek, in der an diesem Abend mehr als tausend Menschen anwesend waren und eine Musikband aufspielte. Die Besucher waren ausschließlich Buren, also Weiße, und innerhalb von 15 Minuten war alles Propagandamaterial unter die Leute gebracht. Der Sicherheitsdienst sowie die Musikband waren so begeistert von unserer Propaganda, dass ich angehalten wurde, auf die Bühne zu kommen, um ein paar Worte zu sprechen. Nach einiger Phrasendrescherei, unter anderem, wie gut es doch tue, hier keine „Rassenmischung" vorzufinden, man solle doch die Discothek auch in Zukunft weiß halten, verabschiedete ich mich unter begeistertem Beifall der Menge mit dem Hitlergruß von der Bühne. Am Ende bekam ich von mehr als 50 Anwesenden, die Anschluss zur „Burenmacht" oder AWB suchten, Adressen und Telefonnummern.

Die gesammelten Daten der Neuanwärter übergab ich dann Piet Venter, der in der Folgezeit die neuen Kampfgefährten rekrutierte. Bei einem weiteren Besuch in Bloemfontein, der sich auch als mein letzter herausstellen sollte, wurde ich unter anderem für meine Hilfe bei organisatorischen und logistischen Dingen sowie für meinen Einsatz gegen die streikenden Farmarbeiter zum Ehrenmitglied der AWB ernannt und mit dem Ehrenabzeichen der „Burenmacht" in Gold ausgezeichnet.

Und wieder wurde das Problem erörtert, woher wir für wenig Geld mehr Waffen bekommen könnten. Wir wurden uns schließlich einig, dass Angola das nahe liegendste Land zur Waffenbeschaffung sei, da es aufgrund des jahrzehntelangen Bürgerkrieges voll gestopft ist mit Waffen aus den USA, Kuba, Russland und Israel. Es ist weitgehend bekannt, dass man bereits an der Südgrenze Angolas zu Namibia auf dem Schwarzmarkt von ehemaligen UNITA-Kämpfern AK-47-Sturmgewehre für 60 Rand (das sind gegenwärtig circa 7,50 Euro) erwerben kann. Das Problem war nur, dass man die entsprechenden Kontakte in Angola herstellen musste und so meldete ich mich freiwillig für diese Mission. Eine Woche später begab ich mich auf die Reise nach Angola, die allerdings in Otjiwarongo in Namibia endete und von der es keine Wiederkehr mehr geben sollte.

Um noch einmal zusammenzufassen: Ich war damals bereits 13 Jahre in der Neonazi-Szene aktiv. Neben Mitgliedschaften im KDS und der NSDAP/AO gründete ich zahlreiche eigene Kameradschaften. Ich hatte Kontakte zu Neonazi-Gruppen in zahlreichen Ländern der Welt aufgebaut. Meine „Gesinnungstaten" hatte ich bis dahin mit vier Jahren und acht Monaten im Gefängnis bezahlt. Ich organisierte die Arbeit meiner „AG-Südland", die neben der deutschen Sektion auch zwei Ortsgruppen in Südafrika besaß. Um an vorderster Front gegen die „verhassten Neger" zu kämpfen, war ich um die halbe Welt gereist, wurde von der berüchtigtsten und militantesten Organisation in Südafrika, nämlich von der „Burenmacht", mit dem Ehrenabzeichen in Gold ausgezeichnet und darüber hinaus von der AWB, der größten rechtsradikalen paramilitärischen Organisation dieses Landes (die AWB zählt heute noch landesweit in Südafrika um die 15.000 Mitglieder) zum Ehrenmitglied ernannt.

Mehr als je zuvor war ich auf Kampf eingestellt und fühlte mich „im Glauben an die Sache" unerschütterlich. Mit einer solchen Vorgeschichte ausgestattet und mit der Mission, in Angola Kontakte für Waffengeschäfte aufzubauen sowie auch in Namibia eine Kameradschaft in unserem Sinne zu gründen, bestieg ich in Kapstadt den Bus nach Namibia.

Von Kameraden in Orania wurde ich an eine weiße Familie in Otjiwarongo, circa 250 Kilometer nördlich von Namibias Hauptstadt Windhoek, vermittelt. Otjiwarongo besitzt mehr als 100.000 Einwohner, von denen die Masse allerdings im schwarzen Armenviertel der Stadt lebt. Hier sollte die Ausgangsbasis für meine Pläne sein. Am 14. Oktober 2003 traf ich dann nach einer zweitägigen Reise mit dem Bus in Otjiwarongo ein und machte mich, wie es meine Art ist, sofort daran, die Stadt auszukundschaften. Meist in Begleitung eines jungen Deutschen, er war der Sohn der Familie, bei der ich Quartier bezogen hatte, zog ich durch Bars und Kneipen Otjiwarongos, um die Stimmung unter den Weißen auszumachen. Ich lernte schnell die jungen Weißen, Deutsche wie Buren, kennen und wurde in deren Häuser zu Gesprächen oder Feiern eingeladen. Ich ließ es mir aber auch nicht nehmen, durch das Schwarzen-Viertel oder, wie so ein Viertel im Allgemeinen genannt wird, durch das „Township“ der Stadt zu fahren, wogegen mein junger deutscher Begleiter wegen der Gefährlichkeit eines solchen Ausfluges heftig zu protestieren versuchte. Außer dass ein paar junge Schwarze mit kleinen Steinen nach unserem Auto warfen und irgendetwas in ihrer Sprache nach uns schrien, gab es aber keine ernsthaften Probleme.

Eine etwas groteske Sache war, dass ich mir als altem Rassisten eingestehen musste, dass die jungen schwarzen Frauen Namibias ausgesprochen hübsch aussahen. In der Vergangenheit war mir dies in Südafrika zwar auch schon bei den vielen Mischlingsfrauen oder, wie sie in Südafrika genannt werden, „coloured“ Frauen aufgefallen, aber von den Schwarzen konnte ich das bisher nicht behaupten. Die drei größten Gruppen der Schwarzen in Namibia stellen die Völker der Owambos, Hereros und Damaras und ich musste zugeben, dass es vor allem bei den Hereros und Damaras viele unglaublich schöne Frauen gab, die immer gut gekleidet waren und stark auf ihr Äußeres achteten. Die jugendlichen schwarzen Otjiwarongos waren ebenfalls in den meisten Fällen (Ausnahmen gibt es immer und überall) gut gekleidet und von freundlicher Art. Zwar nervte es, dass man auch hier an jeder Ecke nach einer Zigarette angeschnorrt wurde, aber das war ich aus Afrika nun mittlerweile gewohnt. Im Großen und Ganzen passten diese Menschen gar nicht in das Bild, das ich vom „hässlichen Schwarzen“ hatte. Ich nahm diesen ersten Eindruck von den Schwarzen zwar zur Kenntnis, verschwendete aber nicht großartig Gedanken an den „Feind“.

In den folgenden Tagen und Wochen sollten sich jedoch die Ereignisse, meine Eindrücke und meine Gedanken über die Menschen dieses Landes überschlagen. Doch fürs Erste machte ich mich daran, auch hier eine Gruppe weißer Jugendlicher um mich zu scharen und die altbewährte Skinhead-Musik zu verteilen. Bereits nach einigen Tagen ließ sich der erste 20-jährige Kameradschaftsanwärter voller Begeisterung den Schädel von mir kahl rasieren. In der zweiten Woche meines Aufenthalts trat ein 72-jähriger deutscher Farmer, ein Rassist vom alten Schlag, an mich heran. Er wohnte 150 Kilometer nördlich von Otjiwarongo, wo er eine

7.000 Hektar große Farm besaß. Seine Kinder arbeiteten in Übersee, seine Frau war vor Jahren gestorben und nun war er allein mit seinen schwarzen Arbeitern auf der Farm.

Er hatte ein Problem, das folgendermaßen aussah: Er bezahlte jedem seiner Arbeiter einen Lohn von 400 Namibia-Dollar im Monat. Das sind 50 Euro und das reicht in Namibia selbst für einen Einzelnen gerade mal für das äußerst Lebensnotwendige und es ist gar nicht daran zu denken, dass man davon Frau und Kinder ernähren kann. Da der Farmer aber zu geizig war, seinen Schwarzen mehr zu bezahlen, zog er es vor, ab und zu ein wenig Wild zu schießen, das er dann seinen Arbeitern gab, damit sie am Leben blieben. Aufgrund seines Alters waren seine Augen zu schlecht für die Jagd geworden. Er wollte sein Gewehr aber auch nicht einem seiner Arbeiter geben, damit dieser dann selbst etwas jagen könnte, da er Angst hatte, seine Schwarzen würden ihn mit der eigenen Waffe erschießen wollen. So fragte er mich, ob ich ein paar Tage zur Jagd auf seine Farm kommen könne.

Am nächsten Tag befand ich mich auf der riesigen Farm, die aber für namibische Verhältnisse eher Standard als Ausnahme ist. Das Haus des Alten war mit einem Herrenhaus in Europa zu vergleichen, in dem es an nichts fehlte. Im Kontrast dazu standen die Behausungen seiner Arbeiter mit ihren Familien, winzige Baracken, die aus ein wenig Pappe, Wellblech und anderen Hilfsmitteln zusammengebastelt waren. Diese Hütten, zu denen der Alte weder Wasser noch Elektrizität hatte legen lassen, waren hässlich anzusehen und standen natürlich weit vom Herrenhaus des Alten entfernt. In Deutschland würde man nicht mal einem Hund eine derartige Behausung zumuten. Beim Anblick dieser heruntergekommenen Gestalten, die so hart und fleißig für ihren Chef arbeiteten und jeder Befehlsausgabe des Alten mit einem monoton klingenden „ja Chef, jawohl Chef“ ohne zu murren nachkamen, überkam mich zum ersten Mal eine Art Mitgefühl. Unbeeindruckt von diesem traurigen Bild ließ der Alte derweil das Haus für seine Kinder fertig stellen, die „vielleicht“ einmal zurückkommen, um die Farm weiter zu führen, und ihr Haus sollte nicht weniger pompös als sein eigenes ausfallen.

Nick Greger bei der Jagd mit einem Farmarbeiter in Namibia

Die Unterbringung dieser Arbeiter beschäftigte mich verrückterweise noch einige Zeit, da ich Vergleichbares noch nicht auf Farmen gesehen hatte – auch nicht in Südafrika, selbst wenn die Behausungen der dortigen Farmarbeiter schon ein Elendsbild abgeben. Ich fragte den Alten schließlich, ob er denn nicht vorhabe, wenigstens ein paar wetterfeste Hütten für seine Arbeiter bauen zu lassen und einen Zugang zu Wasser und Elektrizität zu schaffen. Er sagte, er habe das natürlich vor, aber er sei bisher noch nicht dazu gekommen. Wie sich später herausstellte, arbeiteten seine Schwarzen zum Teil bereits seit 20 Jahren auf der Farm. Er war also in 20 Jahren nicht „dazu gekommen", welch ein Zynismus. Aber Hand aufs Herz, hatte ich denn etwas anderes erwartet? So stellte ich mir doch die Welt vor und das Bild vom „weißen Herrenmenschen" im Kontrast zum „schwarzen Sklaven" konnte doch perfekter als in den ländlichen Provinzen Südafrikas und Namibias nicht sein. Ich schoss also für die Arbeiter ein wenig Wild, auf Anordnung des Alten jedoch nur Wildschweine, da das Fleisch von Springböcken und dergleichen „zu kostbar für die Schwarzen" sei.

Nach einigen Tagen ging ich zurück nach Otjiwarongo, vergaß die gebeutelten Arbeiter schnell wieder und als alle Anzeichen dafür sprachen, dass auch in Otjiwarongo eine Kameradschaft im Sinne der „AG-Südland" entstehen würde, wollte ich mich dem Kontaktaufbau für eventuelle Waffenkäufe in Angola widmen. Doch bevor ich dazu komme, möchte ich noch ein wenig von der weißen Gesellschaft Otjiwarongos erzählen.

In Otjiwarongo herrscht ungebrochen Apartheid-Denken, das allerdings ausschließlich von den weißen Einwohnern zelebriert wird. Die Weißen haben ihre eigenen Kneipen, in denen man unter seinesgleichen sein will. Die Weißen streuben sich dagegen, dass ihre Kinder mit schwarzen Kindern zusammen auf eine Schule gehen müssen. Man will deshalb eine Privatschule eröffnen, die sich die Schwarzen nicht mehr leisten können, um wieder unter sich zu sein. Dass weiße Kinder in Otjiwarongo gemeinsam mit schwarzen Kindern auf der Straße spielen dürfen, ist vonseiten der weißen Elternteile undenkbar, und durchweg wird über die Schwarzen mit einer unglaublichen Verachtung gesprochen. Diese „Herrenmenschen"-

Manieren spiegeln sich jedoch nicht auf der Straße wider. In der Innenstadt halten sich fast ausschließlich Schwarze auf, nur selten sieht man Weiße auf den Bürgersteigen spazieren gehen und wenn, dann handelt es sich meist um Touristen. Die Weißen tätigen ihre Einkäufe, indem sie jeden Meter mit dem Auto fahren, vor den Geschäften anhalten, schnell in die Läden gehen und schnellstmöglich wieder ins vermeintlich sichere Auto springen. Man verschanzt sich in luxuriösen Häusern mit Swimmingpool und abgesehen vom Weg zur Arbeit und den abendlichen Besuchen in der Stammkneipe macht es den Anschein, als ob die weißen Bewohner in Otjiwarongo die Öffentlichkeit zu meiden versuchen. Der Grund ist: Man hat Angst vor den „schwarzen Teufeln".

Man sollte aber nicht glauben, dass die Weißen dieser Ortschaft eine verschworene Gemeinschaft sind. Die Jugend hat nach den wöchentlichen Besäufnissen in ihren Stammkneipen nichts Besseres zu tun, als sich gegenseitig die Augen blau zu hauen, da man sich an die Schwarzen nicht herantraut, denn die könnten ja ein Messer ziehen. Die älteren Deutschen und Buren können sich, anders als in Südafrika, wo beide dicke Freundschaft pflegen, nicht wirklich gut riechen. So haben die Deutschen den Buren die gehässige Bezeichnung „Schlappohr" gegeben. Hätte man mich nicht darauf aufmerksam gemacht, wäre mir gar nicht aufgefallen, dass wirklich viele der Buren recht große Ohren haben. Jedenfalls ist es wesentlich ungefährlicher, einen Buren als „Schlappohr" zu beschimpfen als einen Schwarzen als „Kaffer" – bei Letzterem könnte man ja ins Gefängnis kommen.

Zwar hatte ich nun ein paar gute Kameraden um mich, aber im Großen und Ganzen wurden mir „die weißen Brüder" Otjiwarongos mehr und mehr zuwider. Man schimpfte zwar auf den „Feind" so oft es nur ging, ließ aber keine Taten folgen. Neu war mir das nicht und ich musste an meine ehemaligen KDS-Gefährten und die Halbherzigkeit der „Chefs" denken, die mein alter Freund Popey so verflucht hatte. Weiter wurde aus zahlreichen Gesprächen deutlich, dass man sich hier, wenn man Kontakte für größere Waffenkäufe in Angola bekommen wollte, an Schwarze wenden musste. Kurz gesagt, der „Feind" verfügte über die nötigen Kontakte wie auch die Waffen, die wir benötigten, um ihn bekämpfen zu können. Es blieb mir also nichts anderes übrig, als in die „Höhle des Löwen" vorzudringen und so fuhr ich eines Nachts in das „Township" Otjiwarongos, in dem aufgrund der enormen Arbeitslosigkeit die Kriminalität extrem um sich greift. Es sei dazu gesagt, dass dieses sowie auch die meisten Townships im südlichen Afrika den Weißen als verbotene Zonen gelten, in die man sich unter allen Umständen nicht hinein begeben sollte.

Je weiter ich in das Township fuhr, umso enger wurden die Straßen. Waren am Eingang des Viertels noch kleine Häuser gebaut, so standen, je tiefer ich vordrang, links und rechts nur noch eng aneinander gereiht die hässlichen Wellblech-Baracken oder Bretterbuden, die als Behausungen für die Masse der Township-Bewohner üblich sind. Es überkamen mich mehr und mehr gemischte Gefühle. Hier und da torkelten angetrunkene schwarze Burschen umher und schließlich winkte mich ein Schwarzer zum Anhalten. Er fragte mich angetrunken, aber dennoch freundlich, ob ich ihn nicht mit in die Stadt nehmen könne, da er dort wohne und der Weg doch recht weit sei. Es war mir zwar etwas mulmig, und ich war auf alles gefasst, aber ich nahm die Möglichkeit zu einem Gespräch mit dem „Feind" wahr, in der Hoffnung, ein paar für meine Mission wichtige Informationen aus ihm herauszukitzeln.

Um aus Sicherheitsgründen nicht gleich mit der Tür ins Haus zu fallen, gab ich mich ganz diplomatisch und erzählte dem unwissenden Kerl, dass ich Journalist sei und eine Reportage über Land und Leute des südlichen Afrikas schreibe. Ich fragte ihn, ob er denn nicht noch Zeit für ein oder zwei Bier habe und mir dabei ein wenig erzählen könne, was die Schwarzen Namibias im Allgemeinen von den Weißen hielten. Es ergab sich ein dreistündiges Gespräch, das zwar für meinen Auftrag noch nicht aufschlussreich, aber doch hochinteressant für mich persönlich war. Mein Gesprächspartner war 28 Jahre alt, vom Volk der Herero, arbeitete in der Stadt als Frisör und war bereits vierfacher Familienvater. Er war von freundlicher und aufgeschlossener Natur und hatte im Gegensatz zu mir keinerlei Berührungsängste. Er hatte den Spitznamen Nelly.

Nelly berichtete mir unter anderem von den verschiedenen Sprachen und Traditionen der Völker in Namibia und erzählte mir voller Freude von seinen Zwillingssöhnen, die ihm seine Frau zwei Monate zuvor geboren hatte und die ich in nächster Zeit doch unbedingt einmal sehen müsse. Auch wollte er sich für die zwei Bier, die ich ihm spendierte, sowie das Mitnehmen im Auto bedanken und lud mich für den nächsten Tag in seine bevorzugte Bar im Township ein. Auch wenn diese Begegnung relativ kurz war, so war sie doch, wenn auch von meiner Seite aus zurückhaltender, zumindest von seiner Seite äußerst herzlich und passte so gar nicht in mein Konzept. Nelly weckte jedoch die Neugierde in mir, mehr von dieser mir bisher unbekannten Welt erfahren zu wollen. Nachdem ich dann noch zwei Tage mit mir gekämpft hatte, rang ich mich dazu durch, meinem neuen schwarzen „Freund" und seine Familie zu besuchen.

Nelly wohnte mit seiner Familie in einer Garage am Rande der Stadt. Es ist im südlichen Afrika, wo Menschen aus Armut in Blechhütten hausen, auch nichts Außergewöhnliches, dass in Garagen gelebt wird. Die Begrüßung meines schwarzen Freundes und seiner Familie war sehr freundlich. Seine Frau kochte aus den paar Lebensmitteln, die im „Haus“ waren, eine recht abenteuerliche, aber schmackhafte Mahlzeit, die man gerne mit mir teilte. Währenddessen betrachtete ich die Zwillinge, wobei ich mir ein verwundertes Lächeln nicht verkneifen konnte, denn Nellys Haut war tiefschwarz, die seiner Frau hingegen braun, und so war eins der Zwillinge tiefschwarz wie der Vater und eins braun wie die Mutter. Nelly machte auch seine Späße darüber, wie so etwas nur möglich sei und nach dem Essen schleppte er mich zu seiner bevorzugten Bar mitten im Township, in der er mich, ohne seinen Stolz auf den deutschen Kompagnon zu verbergen, seinen Freunden und Freundinnen bekannt machte. Die Menschen in der kleinen, jedoch zum Bersten gefüllten Bar, die ebenfalls irgendwie aus einer Garage improvisiert war, waren von Anfang an aufgeschlossen und ich war sofort Teil dieser Gemeinschaft. Von allen Seiten wurden Getränke herumgereicht und die Stimmung mir gegenüber sah zusammengefasst folgendermaßen aus: Wir leben alle zusammen, wir feiern zusammen und wir trinken somit auch alle gemeinsam.

Im Vergleich dazu fiel mir ein Erlebnis in einer weißen Kneipe Otjiwarongos ein, in der einmal ein verirrter Schwarzer unter den entsetzten Blikken der weißen Gäste ein Bier bestellte. Das Bier bekam er dann nach mehrfachem Nachfragen auch, aber der deutsche Wirt packte dann das leer getrunkene Glas und zerschmetterte es mit dem Ausdruck tiefsten Ekels im Gesicht im Mülleimer. Er könne seinen Gästen nicht zumuten, aus demselben Glas trinken zu müssen, aus dem zuvor einmal ein Schwarzer getrunken habe, sagte er dabei. Nun war ich also der verirrte Weiße in einer „schwarzen Bar“, wurde freundschaftlich in ihrer Mitte aufgenommen und musste für mein Bier noch nicht mal bezahlen. Das erste Mal in meiner Laufbahn als Neonazi kam in mir ein Gefühl der Scham auf. Zu Anfang war es ein leichtes, aber doch erschütterndes Gefühl und ich begann, mich für einige meiner bisher getätigten Äußerungen über Schwarze langsam, aber sicher zu schämen. Noch sollte dieses Gefühl allerdings unterschwellig bleiben.

Nellys Schwester arbeitete als Bedienung hinter der Bar und sie fiel mir schon sofort beim Betreten des Lokals auf. Und zu meiner weiteren Erschütterung musste ich mir eingestehen, dass dies das schönste Mädchen war, das ich bis dahin in Afrika zu Gesicht bekommen hatte. Wir kamen später ins Gespräch und ich konnte mich nicht erinnern, wann ich das letzte Mal ein Mädchen getroffen hatte, das mich nicht nur durch ihr Äußeres, sondern auch durch die Art, wie sie sich verhält, so fasziniert hat. Nach diesem Abend stand für mich fest, dass ich sie auf jeden Fall wiedersehen wollte. Es war klar, dass es so oder so nicht in Frage käme, mich mit einem schwarzen Mädel einzulassen, aber es konnte ja nicht zum Weltuntergang führen, wenn ich sie ab und an mal in der Bar besuchte und dort ein Bier trank.

Das „Ab-und-an-mal-besuchen-Gehen“ sah dann so aus, dass ich mich täglich in der Bar einfand, um die schwarze Schönheit zu besuchen und mit ihr über alles Mögliche zu sprechen. Sollte nun der eine oder andere Leser denken, „da hat sich also der alte Nazi wohl ausgerechnet ein wenig in eine Schwarze verliebt“, dann kann ich dazu nur sagen: Jawohl, das schwarze Mädel hatte es mir ein wenig angetan und das sollte auf Gegenseitigkeit beruhen.

Meine Angebetete war logischerweise, genau wie ihr Bruder Nelly, Herero. Sie war 24 Jahre alt und ihr Name Majee. Durch die täglichen Besuche in der Bar lernte ich Unmengen verschiedener Leute aus dem Township kennen. Es kam zu beeindruckenden Begegnungen mit Schwarzen aller Volksgruppen aus Namibia. Einer von vielen, die ich kennen lernte, war mein Freund Ross, auch ein Herero, der Anfang der 90er Jahre mehrere Jahre in Ostdeutschland studiert hatte und dort seine ganz persönlichen schlechten Erfahrungen mit meinen Kameraden hatte machen müssen. Ross war in Magdeburg übel von einer Gruppe Skinheads zusammengeschlagen worden und hatte dabei alle Zähne aus der Front verloren. Er wusste bestens Bescheid über Kühnen und die ganzen Ausschreitungen von Hoyerswerda bis Rostock. Er wusste genau, was meine Tätowierungen wie „Blut und Ehre" oder „Alles für Deutschland" zu bedeuten hatten. Er hätte sicher Grund genug gehabt, eine alte Rechnung an mir auszutragen, und ohne Probleme hätte er mich in eine arg üble Situation im Township bringen können, aber alles, was er mit ruhiger Stimme zu mir sagte, war: „Mein Freund, hier sind wir in Namibia und hier wollen wir einfach alle nur zusammenleben."

Erlebnisse wie das mit Ross hatte ich viele und auf das eine oder andere komme ich später noch zu sprechen. Die nächsten Tage war es dann so, dass ich mich mehr und mehr von meinen weißen Kameraden in Otjiwarongo zurückzog. Durch die Erlebnisse im Township kam es dazu, dass ich an einem Tag einfach nicht mehr die für die Schwarzen so demütigende Bezeichnung „Kaffer" aussprechen konnte. Wieder an einem anderen Tag konnte ich das Gegröle des von mir mitgebrachten „Soundtracks zur arischen Revolution", also meine eigenen Skinhead-Musik-CDs, nicht mehr hören. Ich war nicht mehr in der Lage, die eingehende Kameradenpost zu beantworten, da ich in deren Begeisterung für den Kampf um die weiße Rasse immer weniger teilen konnte. Wenn mir ab und zu ein Weißer aus Otjiwarongo begegnete und mich auf ein Bier einladen wollte, um sich ein wenig über „die verhassten Kaffer" auszulassen, dann lehnte ich mit irgendeiner Ausrede ab. Stattdessen zog es mich abends ins Township zu den neuen Freunden, um darüber zu sprechen, wie man seine Zukunft in diesem Land wohl am besten gestalten könnte.

Die „Burenmacht" sowie alle meine Nazi-Kameraden erschienen mir mehr und mehr unwirklich und verschwommen, als hätte ich mein halbes Leben in einem Traum gelebt, in einem Albtraum, aus dem mich diese Menschen, ohne es zu wissen, nun langsam wachrüttelten. Ich konnte vor Nelly, der mir in den vergangenen Wochen ein so guter Freund geworden war, mit der Wahrheit über mich einfach nicht mehr hinterm Berg halten. Ich erzählte ihm meine Geschichte und dass ich mich in seine Schwester verliebt habe. Ich war auf die schlimmste Reaktion gefasst, aber er war ziemlich desinteressiert und gab mir lediglich die Antwort: „Jetzt kannst du sehen, wenn man sich verliebt, dann verliebt man sich halt und überprüft dabei nicht die Hautfarbe.“ Das war alles, was er dazu sagte. Auch den anderen Freunden war es ziemlich wurscht, was ich bisher getrieben hatte, denn jetzt war ich in Namibia und da wollen einfach alle nur zusammenleben. So zumindest ist die absolute Masse der Schwarzen hier eingestellt. Es war nun soweit, dass ich meine Gefühle für Majee endgültig realisierte und es wurde klar, dass ich so zwischen den Fronten nicht mehr weitermachen konnte. Eine Entscheidung musste gefällt werden.

Wie sollte es nun weitergehen? Eins war klar, ein Zurück in die Nazi-Bewegung kam nicht mehr in Frage. Wie konnte ich eine derartige Politik und Weltanschauung noch propagieren, nachdem ich nun ein so herzliches und unvoreingenommenes Verhalten im Township – ja, in der Höhle des Löwen – vorgefunden hatte? Wie konnte ich weiter gegen Rassenverräter fluchen, wo ich mich doch nun selbst in ein schwarzes Mädel verliebt hatte? Ich war nun mit Majee fest zusammen und konnte und wollte weder sie noch meine neuen Freunde länger verheimlichen. Ich machte meine Beziehung zu Majee bei der Familie, bei der ich wohnte, sowie bei den Otjiwarongo-Kameraden bekannt. Viele dachten, ich mache einen schlechten Scherz. Als ich jedoch klar machte, dass mir die Sache todernst war, wurde auch klar, dass ich die Unterkunft, die ich bei besagter Familie bis dahin bewohnte, zu verlassen hatte. Man war mal wieder entsetzt, diesmal nicht, weil ich ein Neonazi war, sondern ganz einfach, weil ich weiß bin und das absolute Tabu in Otjiwarongo gebrochen hatte. Außer von ein paar jungen Weißen, die wahrscheinlich bis heute noch nicht glauben können, dass mein Bruch mit der Apartheid nicht mehr zu kitten ist, wurde ich auf das Schleunigste von der weißen Gesellschaft der Stadt geächtet.

Die folgenden Monate fand ich bei Nelly Unterkunft und Hilfe, aber die meiste Zeit verbrachte ich bei Majee im Township, wo sie mit ihren Eltern in einem kleinen und spärlich eingerichteten Haus wohnte. In kürzester Zeit hatte ich als einziger weißer Mitbewohner im Township eine entsprechende Popularität erlangt und die Menschen, junge wie alte, waren mir gegenüber ausnahmslos freundlich, entgegenkommend und positiv eingestellt. Ich konnte nachts ohne Begleitung die dunkelsten Bars und Klubs der Schwarzen aufsuchen, es passierte mir nichts Schlechtes, denn überall, wo ich hinkam, war ich bereits bekannt. Wenn ich tagsüber die Straße entlang schlenderte, brauchte ich oft für hundert Meter einen halben Tag, weil ich einmal von der linken Seite, dann wieder von der rechten Seite in ein Haus oder eine Hütte gewinkt wurde. Die Menschen waren neugierig und wollten mit mir sprechen, andere luden mich zum Essen ein und

Nelly und Nick Greger

spendierten von dem bisschen Geld, das sie hatten, Getränke und wieder andere, die gar nichts besaßen, teilten ihre letzte Zigarette mit mir.

So etwas wie Racheakte der weißen Kameraden im Ort hatte ich nicht zu befürchten. Sie würden zwar in das Township reinkommen, wohl aber nicht mehr raus. Das wussten sie zu gut. Sie spielten auch gar nicht mit Rachegedanken. Es sah so aus, dass ich bald einfach für die weiße Gesellschaft Otjiwarongos nicht mehr existent, dass ich für sie „gestorben" war. Auch diese „Strafe" kümmerte mich wenig, zumal für mich ganz andere Sorgen auftauchten.

Majee war an einer Lungenentzündung erkrankt und wir mussten sie ins staatliche Krankenhaus von Otjiwarongo bringen. Welche Zustände in einem staatlichen Krankenhaus in Afrika herrschen, kann sich ein Europäer nur schwer vorstellen. Mir fällt auch nichts Vergleichbares aus Deutschland ein. Die Situation war jedenfalls so, dass das Krankenhaus völlig überbelegt war und zahlreiche Todkranke auf dem blanken Boden schlafen mussten. Verpflegung gab es so gut wie keine, denn darum hatten sich die Angehörigen der Kranken zu kümmern. Wer keine Angehörigen hatte, war auf die Solidarität der anderen angewiesen. Und es war so, dass auch alte Leute, die ich noch nie zuvor gesehen hatte, auf der Straße besorgt fragten, ob es denn meiner Freundin wieder gut gehe. Von ihrer Familie wurde ich von Anfang an ohne Vorurteile akzeptiert, was in Otjiwarongo im umgekehrten Falle, das heißt, wenn ein weißes Mädchen einen schwarzen Freund nach Hause brächte, völlig undenkbar wäre. Es wäre ein Skandal sondergleichen für die weißen Eltern. Sie würden ihre Tochter mit hundertprozentiger Sicherheit enterben und aus dem Haus jagen. Auch dies zeigt, dass die meisten Schwarzen in Namibia, besonders die in Otjiwarongo, den Weißen gegenüber weit aufgeschlossener sind als umgekehrt.

Um noch einmal auf die Krankenhäuser zurückzukommen, sei gesagt, dass es in Namibia freilich auch private Krankenhäuser gibt, die durchaus nicht weit vom europäischen Standard entfernt sind, aber ein Tag Aufenthalt in diesen Einrichtungen kostet den Patienten im Schnitt 1.000 Namibia Dollar (das sind derzeit 125 Euro). Dies ist in der derzeitigen Situation in Namibia, wo es wie gesagt keine Seltenheit ist, dass Farmer nicht mehr als 400 Namibia-Dollar im Monat verdienen, für die überwältigende Mehrheit der Schwarzen unerschwinglich. So bleiben die privaten Hospitäler meist den weißen Chefs oder den Weißen, die ihr Vermögen zur Zeit der Apartheid auf Kosten der Schwarzen gescheffelt haben, vorbehalten. Ich kann inzwischen auch verstehen, warum bei einer derartigen sozialen Ungerechtigkeit so manchen Farmarbeitern der Kragen platzt und sie in den Streik gehen oder ihrem Ärger Luft machen, indem sie die teuren Maschinen ihrer modernen „Sklavenhalter" (dieses Wort, so böse es auch klingt, ist in Anbetracht der Situation sehr wohl zutreffend) demolieren. Allerdings musste ich erst selbst das Elend in den Townships sehen und die Erfahrung machen, dass auch der „Feind" einfach nur ein Mensch mit Gefühlen ist, um zu dieser Einsicht kommen zu können.

Ich möchte nun von einer Sache berichten, die für die meisten Europäer wohl zum Totlachen, aber für viele Schwarze aus dem Kongo, aus Angola, Sambia, Simbabwe, Namibia und Südafrika todernst ist. Als ich einmal eine schwarze Familie in Otjiwarongo besuchte, sah ich, dass sie unter den Pfosten des Bettes Backsteine angebracht hatte, die das Bett um vieles höher stehen ließen. Erstaunt fragte ich, was es mit dieser Konstruktion auf sich habe, und zur Antwort bekam ich, dass man sich nachts vor einem Tokolosie fürchte. Genau wie meine Leser fragte auch ich mich, was ein Tokolosie ist. In den Augen vieler Schwarzer ist ein Tokolosie eine Art kleiner, hässlicher Kobold mit Zauberkräften, der nachts in Häuser schleicht, um Menschen Leid anzutun. Man setzt also die Betten höher, damit er nicht hineinklettern kann. Oft wird auch eine Spur Salz rings um das Bett gestreut. Das Salz soll wie bei unseren Vampirgeschichten eine Art „Knoblauch-Effekt" auf den Tokolosie ausüben. Man glaubt auch, dass diese Tokolosies ihre Gestalt ändern können und mal als schwarze Katze, Hund oder irgendein anderes Wesen in Erscheinung treten können. Im Windhoeker Township Katutura, das ich später besuchte, war es auch keine Seltenheit, dass schwarze Katzen und streunende Hunde mit kochendem Wasser überschüttet wurden, da man in ihnen einen Tokolosie vermutete.

Ich müsste, wenn ich bei dem, was ich mit diesen Dingen erlebt habe, tiefer greifen wollte, wohl auch hier ein gesondertes Buch schreiben. Da es aber genug Lektüre über „Witchcraft", „Witchdoctors" sowie „Magie und Voodoo" in Südafrika gibt, will ich das Thema nur überfliegen und von einem Erlebnis mit meinem Freund Nelly berichten, der zu meinem Erstaunen auch an diese Geschichten glaubte. Es war Anfang Dezember 2003 als Nellys Frau zusammen mit den Zwillingen auf die Farm ihrer Eltern gefahren war, um dort Weihnachten zu verbringen. Der Grund war ein vorangegangener nichtiger Streit zwischen Nelly und seiner Frau. Sie beschloss daraufhin, ein paar Wochen von Nellys Eskapaden auszuspannen. Nelly jedoch vermutete, dass sich im Haus ein Tokolosie befände und dies der Grund sei, warum seine Frau dieses Weihnachten ohne ihn verbringen wolle. Er war nun jeden Abend auf der Suche nach dem Tokolosie, der seine Frau „aus dem

Haus ekelte". Eines Tages fand er seinen Tokolosie in Form einer kleinen Fledermaus, die sich ins Innere der Garage verirrt hatte. Nelly sprang auf, schloss das Tor, womit er der Fledermaus den Ausweg versperrte, schnappte sich einen Holzknüppel, mit dem er das Tierchen jagte und schließlich in einer Ecke erschlug. Er war der festen Überzeugung, dem Tokolosie den Garaus gemacht zu haben und auch wenn seine Frau trotzdem erst nach Weihnachten wieder kommen sollte, so konnte er jetzt wenigstens wieder beruhigt schlafen. Nellys „Macken" sollten mich noch oft zum Schmunzeln bringen. Er bleibt mir als bester Freund aus Otjiwarongo in Erinnerung und ich hoffe auf ein baldiges Wiedersehen mit diesem wahren Freund.

Ein weiterer Freund, dem ich hier einige Zeilen widmen möchte, ist Nicholas. Er ist nun Anfang 40, genau wie Nelly und Majee ist er Herero und soll als Beispiel dafür dienen, dass man einen Menschen niemals unterschätzen sollte. Wir liefen uns desöfteren in Bars über den Weg. Es sei dazu gesagt, dass sich das gesellschaftliche Leben in Afrikas Townships zu einem großen Teil in Bars oder Klubs abspielt, und Nicholas ließ dabei keine Gelegenheit aus, mir von seinen jungen Jahren als Soldat und seinen Erlebnissen in der Armee zu erzählen. Nicholas neigte zu extremem Trinken und Haschischkonsum. Auch war sein Äußeres meist das, was wir verwahrlost nennen, und bei seinem Anblick konnte ich, wie ich gestehen muss, nur lachen. Ich hörte seinen Erzählungen gerne zu, aber glaubte nicht, dass dieser Mensch einmal ein Soldat, noch dazu ein ausgezeichneter Soldat, gewesen sein sollte. Nach einem seiner Alkoholexzesse beförderte er sich selbst unter dem Gelächter der Anwesenden zum General und gab sich den Titel „General de Quack".

Wissen die Götter, wie er auf den Namen „de Quack" gekommen war, aber auf jeden Fall amüsierten wir uns köstlich über ihn. Dies sollte sich jedoch am darauf folgenden Wochenende gewaltig ändern. Es kam der nächste Freitag und wie immer fanden sich zahlreiche Leute in der Discothek „435" in Otjiwarongo ein (Der Name der Discothek bezieht sich auf die UN-Resolution 435, mit der die Einsetzung einer Komission zur Überwachung von Wahlen in Namibia beschlossen wurde). Auch hier war ich der einzige weiße Gast. Nicholas hatte sich ebenfalls eingefunden und zu seiner Freude war ein Korporal der namibischen Armee zu Besuch da. Nicholas grüßte ihn zackig und voller Stolz. Es sollte sich herausstellen, dass Nicholas wirklich einmal Soldat und der anwesende Korporal sein Kommandant gewesen war. Ich selbst staunte nicht schlecht.

Am späten Abend, als Nicholas und „sein Kommandant" etwas abseits außerhalb der Disco standen, um über die alten Zeiten zu sprechen, passierte etwas Tragisches. Eine Gruppe Jugendlicher umringte den besagten Korporal und war darauf aus, seine Armbanduhr zu rauben. Als sich der Mann weigerte, die Uhr von sich zu geben, stachen sie mit Messern auf ihn ein.

Meine Freunde und ich waren zu dieser Zeit in der lärmenden Disco und merkten nichts von dem Drama, das sich draußen abspielte. Ein Messerstich traf die Halsschlagader des Korporals und er ging zu Boden. Wie uns später von umstehenden Schaulustigen berichtet wurde, musste vor allem Nicholas gegen die Angreifer gekämpft haben wie ein Löwe. Es gelang ihm schließlich auch, die Bande in die Flucht zu schlagen, nicht jedoch das Leben seines Kommandanten zu retten. Als uns die Nachricht von dem Drama im Inneren der Disco erreichte und wir alle nach draußen eilten, war es bereits zu spät. Der Korporal verblutete in Nicholas' Armen. Von diesem Tag an sprach Nicholas nie mehr über die Armee, er wollte nichts mehr von seinem Soldatenleben wissen und man sieht ihn seither nicht mehr lachen. Dieser Korporal muss für Nicholas wie ein enges Familienmitglied gewesen sein und mit ihm starb auch der wichtigste Teil in Nicholas' Geschichte. Ich jedenfalls habe durch Nicholas gelernt, dass man niemals einen Menschen unterschätzen sollte und für mich war von diesem Zeitpunkt an „General de Quack" ein tapferer Kämpfer – auch wenn er kein Soldat mehr ist.

Die letzte Freundschaft, von der ich in diesem Buch berichten möchte, ist die zu Angela. Sie ist Anfang 30, vom Volk der Damaras und wohnt mit ihrer Familie in Katutura. Katutura ist ein verhältnismäßig großer Teil von Windhoek, in dem die Kriminalität Hochzeit feiert. Nicht umsonst wird Katutura das „Soweto" Namibias genannt oder mit den berüchtigten New Yorker Stadtteilen Harlem oder Bronx verglichen. Raub und Mord sind an der Tagesordnung. Ich lernte Angela auf einer Zugfahrt kennen. Als Bahnangestellte hat sie einen sicheren Job mit relativ gutem Einkommen. Was mit ihren Eltern passiert ist, weiß ich nicht, jedenfalls ist sie die Älteste von einer Hand voll Geschwistern und die Einzige, die Arbeit hat. Manchmal klagt sie, dass sie sich in ihrem Job arg anstrenge und trotzdem für „nichts" arbeiten gehe, da das Geld gerade reiche, um die Familie zu ernähren und Wasser sowie Strom zu bezahlen. Dass bei so vielen Personen nicht viel für sie selbst übrig bleibt, ist klar. Und solange sie der einzige Verdiener in der Familie bleibt, wird es für sie aus Katutura auch kein Entkommen geben. Jedenfalls gab sie mir damals ihre Adresse und meinte, wenn ich einmal in Windhoek sei, dann sei ich mit meiner Freundin jederzeit herzlich bei ihr eingeladen.

Anfang Januar 2004 war ich dann wieder in Windhoek und wollte auch einen kurzen Besuch bei Angela in Katutura machen. Aus dem kurzen Besuch wurde dann ein zweieinhalbmonatiger Aufenthalt mitten in Katutura. Die Menschen in Angelas Straße waren so gastfreundlich, dass ich mich einfach so schnell nicht mehr losreißen konnte. Auch fand ich in Angelas Haus die Ruhe und letzte Inspiration, mich aufzuraffen, meine Geschichte niederzuschreiben. Wenn ich ab und an ein paar Besorgungen in Katutura tätigte, dann war es auch hier wie in Otjiwarongo. Ich brauchte oft den ganzen Tag, um zwei Straßen weiter zu kommen, da ich von links und rechts herangewinkt und eingeladen wurde. Wir hatten einfach eine Menge Spaß gemeinsam. Angela kümmerte sich rührend um mich und war stets besorgt, dass ich meine drei Mahlzeiten am Tag bekam, dass früh mein Kaffee da stand und ich stündlich meine Zigarette hatte. Meine Kleidung wurde gewaschen und Geld nahm man von mir nicht an.

Ich war bereits vom ersten Tag an wie ein Familienmitglied, und das, obwohl ich Angela vor diesem Besuch lediglich von einem Gespräch von zwei, drei Stunden kannte. Wenn sie auf der Arbeit war und sich nicht selbst um mein Wohlergehen kümmern konnte, dann instruierte sie ihre Familie und Freunde, damit es mir an nichts fehlte. Vielleicht mag sich der eine oder andere denken, na ja, wahrscheinlich ist die Frau verliebt und hat Hintergedanken. Dies entspricht aber nicht den Tatsachen, denn Angela ist in einer festen Beziehung und glücklich mit ihrem Freund. Was ich hier erlebte, nennt sich ganz einfach Gastfreundschaft. Eine Gastfreundschaft, wie ich sie in Europa nur selten erleben durfte, die in Afrika aber eine Selbstverständlichkeit ist.

Auch wenn ich hier zweimal in Kämpfe mit Gangmitgliedern verwickelt war, und dies für mich beide Male fast tödlich geendet hätte, reifte in dieser Zeit in mir dennoch der Entschluss, mein künftiges Leben in Namibia verbringen zu wollen. Um dieses und die Probleme, die damit verbunden sind, zu meistern, half mir Angela ganz besonders. Bei der Geburtstagsfeier eines Freundes lernte ich durch sie den Bürgermeister von Windhoek kennen. Wir feierten zusammen, sprachen uns aus und am Ende wurde mit Handschlag besiegelt, dass er sich um meine Daueraufenthaltsgenehmigung kümmern würde, sobald ich mir sicher wäre, wirklich permanent in Namibia leben zu wollen. Das andere Problem, das auftrat, war, für ein gesichertes Einkommen in Namibia zu sorgen, und auch hier machte Angela einen Plan, der mir und ihr in Zukunft helfen wird. Wir werden eine kleine Bar eröffnen, in die jeder von uns die Hälfte investiert hat. Innerhalb kürzester Zeit haben wir die Räumlichkeiten dafür instand gesetzt und mit den für Katutura nötigen Sicherheitsanlagen ausgestattet. Demnächst können wir eröffnen. Mein Anteil wird mich zwar nicht reich machen, aber ich werde davon in Namibia besser leben, als es für mich bisher in Deutschland der Fall war. Die Menschen Namibias haben also nicht nur mein Lebensgefühl grundlegend verändert, sondern mir auch neue Perspektiven und Wege für meine Zukunft eröffnet und gerade bei letzterem möchte ich Angela ganz besonders für ihre Hilfe danken. Wenn ich nun nach Deutschland zurückkehre, um meine letzte Gefängnisstrafe abzusitzen, dann weiß ich, dass danach eine neue Heimat und Zukunft auf mich wartet, und ich freue mich schon jetzt auf das Wiedersehen mit meinen Freunden hier.

Ich habe mit dem Bericht über meine Erfahrungen im südlichen Afrika deutlich gemacht, mit welcher Offenheit sich die Schwarzen gegenüber einem weißen Neuankömmling verhalten. Man muss dies auch vor dem entscheidenden Hintergrund sehen, dass in Namibia bis 1990 und in Südafrika bis 1994 eine kleine weiße Minderheit die Masse der schwarzen Bevölkerung mit rassistischen Gesetzen traktierte und eine willkürliche Kolonialherrschaft ausübte. Unter welchen Diskriminierungen die Schwarzen im südlichen Südafrika teils über Jahrzehnte, teils über Jahrhunderte zu leiden hatten, will ich hier nur anhand einiger Beispiele aufzeigen:

- Eheschließungen sowie geschlechtlicher Verkehr zwischen Schwarzen und Weißen waren verboten, wobei bei letzterem jedoch ausschließlich Schwarze mit ernsthaften Strafen belangt wurden.

- Grunderwerb für Schwarze war so gut wie unmöglich.

- Öffentliche Einrichtungen waren für Schwarze nicht allgemein zugänglich.

- Südafrikanische Schwarze waren nicht als Staatsbürger anerkannt.

- Löhne und Gehälter richteten sich nicht ausschließlich nach Position und Art der Arbeit; die „Rasse“ spielte dabei eine Rolle.

- Schwarze hatten kein Recht, in „weißen Gebieten“ oder Stadtteilen Handel zu treiben oder professionell tätig zu sein (zum Beispiel als Ärzte oder Rechtsanwälte).

- Schwarze durften ihre winzigen „Homelands“ (wir würden es Reservate nennen), in denen sie zusammengepfercht lebten, oder ihre Wohngebiete nur verlassen, wenn sie eine Arbeitsgenehmigung mit entsprechendem Pass für andere Gebiete hatten.

- In Windhoek – und das soll hier nur als Beispiel dienen – durften sich ab 18 Uhr keine Schwarzen mehr in der Innenstadt aufhalten, da das Nachtleben in der Stadt ausschließlich Weißen vorbehalten war. Schlägertrupps der Polizei patrouillierten und schlugen jeden Schwarzen zusammen, der es nicht schaffte, bis 18 Uhr aus dem Stadtkern zu verschwinden. In Katutura galt für die Menschen ab 19 Uhr Ausgangssperre.

- Alkoholkonsum war für Schwarze nur in Häusern gestattet. Die Polizei patrouillierte in den Townships und wenn sie beispielsweise am Wochenende ein paar junge Leute beim Biertrinken in irgendeinem Garten oder auf der Straße erwischte, dann setzte es häufig Prügel, der Alkohol wurde eingezogen und wahrscheinlich von der Polizei selbst konsumiert.

- Schwarze hatten kein Wahlrecht und vieles mehr.

Ich habe hier nur einen Bruchteil der Diskriminierungen von Weißen gegen Schwarze aufgezählt, aber es sei dazu gesagt, dass meinen Freunden hier, allen voran Nelly, Ross, Nicholas und Angela die Apartheid-Zeit unter der weißen Vorherrschaft in vollem Umfang noch bestens in Erinnerung ist und sie alle trotzdem keinen Hass gegen ihre ehemaligen weißen Peiniger empfinden. Es ist allen ganz einfach nur eine Genugtuung, dass sie jetzt frei sind. Auch ist mir in den unzähligen Gesprächen besonders aufgefallen, dass man vor allem auf die Deutschen nichts Schlechtes kommen lässt und dies ist, wenn man die Geschichte Namibias sowie die Arroganz der so genannten Südwest-Deutschen sieht, um so erstaunlicher, denn Apartheid war in Namibia eine deutsche „Kulturleistung".

Apartheid ist in der öffentlichen Wahrnehmung untrennbar mit der spezifischen Herrschaftsform der südafrikanischen Buren verbunden, und dennoch reicht ihre Geschichte im Falle Namibias weiter zurück. Es war das deutsche Kolonialsystem, das die Basis der Apartheid-Strukturen schuf und diese als Herrschaftsmodell hinterlassen hatte:

Bereits 1897 – unter deutscher Kolonialherrschaft – wurden die ersten Reservate für Schwarze geschaffen. Theodor Leutwein, zwischen 1895 und 1904 als Gouverneur „Deutsch-Südwestafrikas“ höchster amtierender Kolonialbeamter im Lande, beschrieb rückblickend in einer Denkschrift zur Reservatsfrage 1904 seine Politik als „die Eindämmung der Eingeborenen in Reservate und damit die räumliche Trennung der weißen und schwarzen Rassen“.

1905 wurde die Schließung von Mischehen per Gesetz verboten. Einen Protest der Rheinischen Mission erwiderte der damalige Gouverneur von Lindequist in einem Brief mit dem Argument, geschlechtliche Beziehungen zwischen Europäern und Afrikanern seien „nicht nur ein Verbrechen gegen die Rheinhaltung deutscher Rasse und deutscher Gesittung…, sondern könnten die Stellung des weißen Mannes hier überhaupt gefährden“.

„Suum cuique“, Jedem das Seine, verkündete zynischerweise ein Spruchband über der Straße von Windhoek nach Katutura, dem bereits erwähnten schwarzen Armenviertel der namibischen Hauptstadt. Auf dieser Straße wurden täglich schwarze Arbeiter zwischen ihrem Arbeitsplatz und dem schwarzen Wohnghetto hin- und hergekarrt.

Die Hinterlassenschaft des deutschen Kolonialismus in Namibia kann man zusammengefasst wie folgt beschreiben: Eine räumliche Trennung zwischen Weißen und Schwarzen; Reservate, die dem Schwarzen aufgrund seiner Stammeszugehörigkeit das Wohngebiet zuweisen; Einschränkung der Bewegungsfreiheit durch Passgesetze; ein perfektioniertes System der Kontraktarbeit; ein rigider juristischer Überbau, der die Rassenzugehörigkeit zu einem dominierenden gesellschaftlichen Antagonismus werden lässt – all dies sind Erscheinungsbilder einer rassistischen Klassengesellschaft, wie sie noch bis 1994 im Süden Afrikas existierte und wie es sie in Namibia bereits unter deutscher Kolonialherrschaft in ihren Anfängen gegeben hat. Es waren nicht die Buren Südafrikas, die ihr Apartheid-System als exklusiven Exportartikel dem namibischen Volk brachten. Es war der deutsche Kolonialismus, der diese Strukturen vorbereitet und geschaffen hatte. Strukturen, die vom südafrikanischen Besatzungsregime in der Folgezeit perfektioniert und mit einer spezifischen Herrschaftsideologie versehen wurden. Das Modell war ein deutsches Fabrikat.

So konnte auch Heinrich Fedder, ehemals Missionar der Rheinischen Mission im Lande und als Senator während der 50er Jahre Symbolfigur der deutschen Kontinuität und Tradition in dem südafrikanischen Mandatsgebiet, am 28. Mai 1958 im Senat der Union von Südafrika mit Stolz und Genugtuung hinsichtlich der deutschen Pionierleistungen bei der Unterwerfung des Landes feststellen:

„In Südwestafrika wurde die Basis der Apartheid vor fünfzig Jahren gelegt … die deutsche Regierung begann hiermit … Südwestafrika ist das einzige Land in der Welt, wo Apartheid in steigendem Maße seit fünfzig Jahren besteht."

Oft stellt sich mir die Frage, was gewesen wäre, wenn die Geschichte umgekehrt verlaufen wäre. Wenn eine kleine schwarze Minderheit uns Europäer drangsaliert und entrechtet hätte – würden wir ihnen heute mit derselben Offenheit und Gastfreundschaft gegenübertreten, wie sie es tun? Würden wir sagen können: „Na gut, ihr habt zwar eine Menge Scheiß mit uns angestellt, aber jetzt sind wir frei und wir wollen einfach alle nur zusammenleben"? Die Antwort wird im Dunkeln bleiben, da die Geschichte nun mal ist, wie sie ist. Freilich wissen wir, dass es schlechte und gute Menschen überall gibt, aber ich hoffe für die Zukunft, dass die schwarzen Mitmenschen bei uns in Deutschland dieselbe Gastfreundschaft erfahren dürfen, wie ich sie hier in Afrika erlebt habe.

Für meine ehemaligen Nazi-Kameraden möchte ich hier zum Schluss noch eine kurze Geschichte erzählen. Ich kann mich noch an eine damalige Betreuerin aus meiner Schulzeit in Wunsiedel erinnern. Ihr Name war Frau Thoma. Es war zu Beginn meines Einstiegs in die Neonazi-Szene, als ich ein Gespräch mit ihr hatte, in dem sie mir erzählte, dass ihr Bruder auch jahrelang ein Nazi war. Er hätte auf die Ausländer geschimpft wie kein Zweiter, bis er sich eines Tages in eine Südländerin verliebte, mit der er zu dem Zeitpunkt, als Frau Thoma mir die Geschichte erzählte, bereits glücklich verheiratet war. Damals lachte ich darüber und schwor, dass mir dergleichen nicht passieren könne. Ich vergaß die Geschichte, bis sich nun, 13 Jahre später, völlig unerwartet die gleiche Erfahrung bei mir wiederholen sollte. Wenn nun der eine oder andere „Kamerad" schwören sollte, ihm könne dergleichen nicht passieren, so wird er vielleicht Jahre später einsichtig an meine Geschichte zurückdenken und sich eingestehen müssen, dass man nicht kontrollieren kann, in wen man sich verliebt und dass Gefühle sowie Freundschaften ganz einfach „farbenblind" sind.

Da mag sich einer noch so dagegen wehren, es bleibt ein Fakt, dass zwischen der ganzen Rassenidiotie und der Realität, nämlich den Geschichten, die das Leben schreibt, ein Unterschied wie Tag und Nacht besteht. Der eine wusste dies natürlich schon immer, der andere wiederum wird es niemals wahrhaben wollen, aber ich für meinen Teil bin jedenfalls glücklich, dass ich diese Erfahrung machen konnte.

EINE PERSÖNLICHE BILANZ

Wenn ich nun für mich persönlich eine Bilanz aus den 13 Jahren meines Lebens als Neonazi ziehe, dann kann ich heute nur noch ungläubig den Kopf schütteln, auf was ich mich da eingelassen und in was ich mich da hineingesteigert habe. Vor allem meine ehemaligen Kameraden sollten sich diese Bilanz einmal genauer durch den Kopf gehen lassen. In einer groben, jedoch geradlinigen Zusammenfassung spielte sich das Leben in der Szene folgendermaßen ab: eine verlorene Jugend im Hass, verraten von Kameraden, Knast, Gewalt, Polizei, zerbrochene Beziehungen, Knast, Kampf, ein Haufen Geld ins Nichts investiert – und das Ganze wieder von vorn, denn so funktioniert der Kreislauf in der Neonazi-Szene.

Darüber hinaus ist der Mief der Doppelmoral und Verlogenheit dieser Szene ein ständiger Wegbegleiter, und wenn Ihr mal ganz ehrlich seid, dann stinkt da eine ganze Menge! Sei es, dass man gerade im Dunst eines Joints relaxt, während man dabei gegen Drogen wettert. Sei es gegen Ausländer hetzen, während man gerade an einem Döner kaut und dann am Abend die Freundin ins chinesische Restaurant am Ende der Straße einlädt. Oder ist es der KDS-Führer Thomas Brehl, der sich ganz in der Tradition der SA mit sogenannten „Lustknaben" vergnügt und sein homosexuelles „Coming Out" den Kameraden mit künstlerischer Poesie zu Papier bringt. Es kann auch der ehemalige JN-Chef sein, der polnische Prostituierte einem kameradschaftlichen Liederabend vorzieht und sich nach solchen Vergnügungen rechtfertigt indem er sich dabei nach eigenem Bekunden wie ein „Herrenmensch" fühlt. Oder aber der ehemalige Dresdner Führungsaktivist Rainer, der sich an minderjährigen Mädchen zu schaffen macht, gleichzeitig die Todesstrafe für Kinderschänder fordert und auch gerade wieder einmal an einem solchen Gerichtsprozess zu kauen hat. Vielleicht ist es auch die heroisierte Nazigruppe, die sich dann vor Gericht ganz kameradschaftlich im Sinne einer verschworenen Gemeinschaft gegenseitig anscheisst. Ist es vielleicht der KDS-Peter, der sich für rassische Studien zur Sex-Safari nach Kenia begibt? Es kann aber auch ein international bekannter Kamerad von „Panzerfaust-Records" sein (einer der weltweit größten Nazimusikvertreiber, ansässig in den USA), der im Moment wieder den Erlöß aus seiner

„White Power-Musik" beim Sexurlaub in Thailand verprasst. Oder ist es, weil Du Dir gerade mal wieder MTV anschaust und dir ganz heimlich denkst, wie gut die schwarze Sängerin im Musikclip aussieht. Dazu kommt dann der ehemalige brandenburgische NPD-Landeschef Thomas Salomon und ergießt sich nochmal zwei Stunden über ein Holocaust-Mahnmal, wo ihm im Anschluss das Singen vom Deutschlandlied zu langweilig wird. Oder vielleicht bist es Du, der sich im Sonnenstudio bräunt (obwohl Du eigentlich auch ohne Sonne schon braun genug sein solltest), um anschließend auf dem Skinhead-Konzert „White Power" zu schreien. Oder vielleicht bist Du stattdessen gerade im Knast, dann ist es die HNG, die Dich großzügig für Deine Lebensjahre mit zwei bis drei Briefmarken im Monat solidarischer Unterstützung entschädigt. Dazu kommt dann Dein treuester Kamerad und kümmert sich inzwischen um Deine Freundin und macht ihr im schlimmsten Falle ein 150-prozent arisches Kind, und wenn Du es dann mit den Nerven kriegst, dann gehst Du einfach in die Zelle nebenan zum Nazi-Greger und kaufst ein bißchen Haschisch, damit Du wieder abspannst. Du kannst Dir dabei ja in Ruhe überlegen, ob Du Dich so schnell nochmal dem Christian Worch als Menschenmaterial zur Verfügung stellen willst. Vielleicht bist Du auch gerade bei einem weißen Südafrikaner, der von radikaler Apartheid schwafelt, während er dem schwarzem Hausmädchen, das gerade seine Wäsche wäscht, nachstellt, und Du jetzt dadurch die Antwort gefunden hast, woher denn die rund drei Millionen Mischlinge am Kap der Guten Hoffnung kommen. Falls Du das nicht geschnallt hast, dann kommt vielleicht der selbsternannte SS-Offizier Oskar Breslauer mit seinen jüdischen Geschäftspartnern zufällig vorbei und macht es Dir noch einmal vor. Und bevor ich jetzt tausend weitere Peinlichkeiten, die diese sogenannte Bewegung aufzuweisen hat, aufzähle und Dir einen Band II zum Lesen präsentiere, solltest Du Dich hier am Ende einfach nur mal ganz ehrlich selbst fragen, ob Dein Leben durch das, was Du Dir da in dieser Szene antust, besser geworden ist oder nicht.

Ich selbst hatte mir das jedenfalls so lange angetan, bis ich heute das Gefühl habe, als hätte sich mir ein Fenster geöffnet, durch das ich Licht sehe und nun frische Luft zum Atmen bekomme. Ich möchte dieses neue Lebensgefühl, durch das ich mich einfach nur frei fühle, nicht mehr missen und werde in meinem künftigen Leben darauf achten, dass dieses Fenster geöffnet bleibt.

SCHLUSS- UND GRUSSWORTE

Ich möchte die letzte Seite dazu nutzen, mich speziell bei meiner Familie, und hier in erste Linie bei meiner Mutter und Großmutter, zu bedanken. Danke, dass Ihr immer zu mir standet, mir in übelsten Situationen immer geholfen und mich nie im Stich gelassen habt – und das, obwohl ich wirklich nicht der einfachste Sohn beziehungsweise Enkel war. Ich bin glücklich, dass ich Euch beide habe.

Herzliche Grüße gehen an meinen kleinen Bruder, meine beiden kleinen Schwestern, an meinen Sohn und an dessen Mutter, sowie an meinen lieben Cousin Marco.

Beste Grüße gehen an meine Freunde Arni, Silvio G., Anna Ulbricht, Mandy Schmid, die Belz-Brüder, Christiane K., Petra H., Hans J. Westphal, Christine Ostrowski, Outlaw e.V., Familie Liebing, Familie Rau, Tommy, Annie, Kaule, Dajana, Michaela Ludewig, den alten Jörgi, Enrico K., Rocco „Popeye“ Enger, Marcus L., Ralf Burmeister und Frau Dr. Ferse aus Dresden.

An Jonas sowie Theressa N. aus Nechern.

An Herrn Bernd Wagner von EXIT-Deutschland, Tuncay A., Helene, Grobi, Jenny, Michael aus Berlin.

An das SWAPO-Büro in Otjiwarongo, Nelly, Majee, Angela, den Katutura-Kindergarten, in Windheok, Nicholas, Ross, Yvon, Wilbard, Familie Beukes, Deno, Theodore, Morne, Hans, Stanley, Simson, Imelda und Big Mama, „Ninja“, Anton, Sam, Seon, Antoinette, Paulus und Diana, Jarly, Hilma, Salex aus Namibia.

An Skalk und Clarissa Smith (Kapstadt), Elmari S. (Pretoria), Lee-Ann (Bloemfontein), Gladys Rodriguez (Kuba), Mrs. Diamond (Angola), Mustafa P. (Kopenhagen), Journalist Per Anders (New York), Garcia White (Texas), Tiffany Quincel (Californien), Miriam Dacruz (London).

An Rainer „Gonzo“ Nürnberger (RIP), Monika und Tanja Reed, Elvira, Sven Posenecker, Helena Lippert, Freddi Braun, Katrin Ennisch, Alexandra Ott, Jessica Braun, Lehrerin Frau Reichenberger, Ralf Krause, Susanne Teichtmann, Heines und die Lokalbahn, Ronny Schenk aus Wunsiedel.

An Frau Hartwig „World Vision e.V.“, Herrn Penn aus der JVA Zeithain, die Geyer-Brüder, Chris, Konrad, Bully, Mefert, Sandro und Schubi aus Zittau, Mandy D. aus Mahlow, Patrick Löwe und Stefan Bruder aus Leipzig, Oliver Preller aus Görlitz, Herr Arthes JVA Charlottenburg, Thomasz von Polen, die Crew der Purple Beach, Stefan Funke, Tolga B. und all die anderen, die ich hier nicht grüßen kann.

Aufkleber "Nationaler Block" (NB)
und "Nationale Offensive" (NO)

NACHRICHTEN
DER
HNG
Mai/Wonemond 1999
21. Jahrgang - Nr. 220
Herausgeber: Hilfsorganisation für nationale politische Gefangene und deren Angehörige e.V. (HNG). - Vorsitzende: Ursel Müller, Sägewerk 26, 55124 Mainz-Gonsenheim, Konto Postbank: (HNG) Frankfurt/Main Nr. 14 29 08 607

Nachrichten der "Hilfsorganisation für nationale und politische Gefangene" (HNG)
"Die Buren" Broschüre von Nick Greger

Skinhead-Konzert in Görlitz

"Afrikaner Widerstandsbewegung AWB" Broschüre von Nick Greger
Chef der "Deutschen Büchergilde Kapstadt" Doktor Migoed

Trainingslager der "Wiking-Gruppe Kapstadt" in Südafrika

Trainingslager der "Wiking-Gruppe Kapstadt" in Südafrika

Neonazi Arnulf Priem mit einem KDS-Aktivisten
Einladung der Irakischen Botschaft

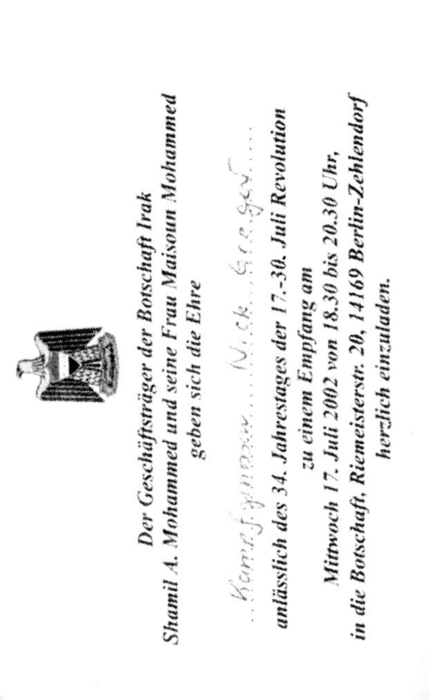

Der Geschäftsträger der Botschaft Irak
Shamil A. Mohammed und seine Frau Maisoun Mohammed
geben sich die Ehre

Kampfgenosse … Nick Greger ……

anlässlich des 34. Jahrestages der 17.-30. Juli Revolution
zu einem Empfang am
Mittwoch 17. Juli 2002 von 18.30 bis 20.30 Uhr,
in die Botschaft, Riemeisterstr. 20, 14169 Berlin-Zehlendorf
herzlich einzuladen.

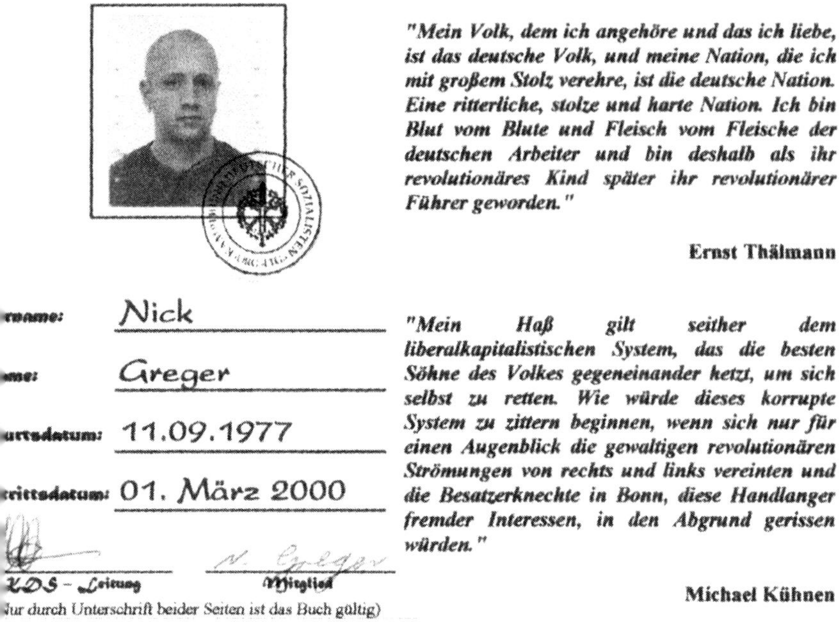

"Mein Volk, dem ich angehöre und das ich liebe, ist das deutsche Volk, und meine Nation, die ich mit großem Stolz verehre, ist die deutsche Nation. Eine ritterliche, stolze und harte Nation. Ich bin Blut vom Blute und Fleisch vom Fleische der deutschen Arbeiter und bin deshalb als ihr revolutionäres Kind später ihr revolutionärer Führer geworden."

Ernst Thälmann

"Mein Haß gilt seither dem liberalkapitalistischen System, das die besten Söhne des Volkes gegeneinander hetzt, um sich selbst zu retten. Wie würde dieses korrupte System zu zittern beginnen, wenn sich nur für einen Augenblick die gewaltigen revolutionären Strömungen von rechts und links vereinten und die Besatzerknechte in Bonn, diese Handlanger fremder Interessen, in den Abgrund gerissen würden."

Michael Kühnen

rname: Nick

me: Greger

urtsdatum: 11.09.1977

trittsdatum: 01. März 2000

KDS – Leitung

Mitglied

Nur durch Unterschrift beider Seiten ist das Buch gültig)

Mitgliedsausweis des "Kampfbundes Deutscher Sozialisten" (KDS)

KDS-Urkunden "Aktivist der volkssozialistischen Arbeit"
"Stützpunktleiter Ottendorf"

Urkunde

Lieber Volksgenosse

Nick Greger

Aus Anlaß des 53. Jahrestages der Gründung der Deutschen Demokratischen Republik, möchte ich Dir im Namen der Führung des Kampfbundes Deutscher Sozialisten (KDS), Dank und Anerkennung für Deine Standhaftigkeit unter kompliziertesten Bedingungen der Gesinnungshaft und Deine unermüdlichen Anstrengungen zur Gewinnung der Arbeiterjugend für die Weltanschauung des Deutschen Sozialismus aussprechen und damit verbunden,

erfolgt Deine Auszeichnung als

Aktivist der volkssozialistischen Arbeit

Mit volkssozialistischen Grüßen

Michael Koth | Thomas Brehl
1. Sekretär der Bezirksleitung Berlin / | Stabschef des KDS

Hiermit ernennt
die Organisationsleitung
des Kampfbundes Deutscher Sozialisten
den Kampfgefährten

Nick Greger

zum Stützpunktleiter-Ottendorf

Thomas Brehl | Axel W. Reitz

Berlin, 01. September

Nick Greger und Popey unter der AG-Südland-Fahne

Nick Greger und der ehemalige Chef der "Ulster Freedom Fighters" (UFF)
Johnny Adair in Dänemark Anfang 2005 (nach den Ausstiegen)

Eine schwedische Nazi-Aktivistin, ein finnischer Neonazi und Nick Greger in Kopenhagen

Waffentraining auf einer Farm in der Provinz Westkap in Südafrika

Begründer des Orania-Volksstaat-Projekts Carel Boshoff
Nick Greger mit jungem Rekruten in Orania, Patrouille auf einer Farm in Orania

Orania-Postkarte

Orania

Nicholas "General de Quack"

Flugblatt der "Burenmacht": "Wir glauben, dass der Weiße das Recht auf das Leben hat."

Angela beim Betreuen von Touristen

Verschenkte Jahre. Lebensenergie, Freiheit und Talent vertan. Das ist eine Botschaft des Buches von Nick Greger, das Fazit eines bedingungslosen Aktivisten der deutschen und internationalen Naziszene. Er stellt dar, „wie sich ein jugendlicher Rebell im Kreislauf von Kriminalität. Gewalt und Hass verlieren und immer tiefer in eine menschenverachtende Szene hineinrutschen kann, die in ihrer eigenen Welt vor sich hin lebt".

Aussteiger aus der rechtsextremen Szene werden von der Initiative „EXIT-Deutschland" dabei begleitet, das rechtsextreme Weltbild und seine verschiedenen Facetten aufzuarbeiten. Diese Prozesse nehmen viel Zeit in Anspruch und erfordern eine intensive Auseinandersetzung mit sich selbst und der eigenen Geschichte. Immer wieder gibt es Aussteiger, die zum Stift greifen und ihre Vergangenheit in Form von autobiografischen Berichten Anderen zugänglich machen. Auch Nick Greger hat sich entschieden, die 13 Jahre seines Lebens, in denen er in neonazistischen Gruppen und Netzwerken als Aktivist tätig war, auf Anregung seiner schwarzen Freunde in seiner neuen Heimat Namibia als Geschichte aufzuschreiben. Sie belegt, dass es einen Weg aus dem Nazismus gibt, Rassenhass und nationale Überheblichkeit für den Einzelnen und insgesamt nicht „naturbedingt" sind, wie das rechtsextreme Ideologien glauben machen wollen. Zugleich belegt sie die Schwierigkeit, beim Erzählen immer Distanz zu finden.

Nick Gregers Schilderungen zeigen neben der persönlichen Seite zugleich den fehlenden sozialen Sinn, die historische Sinnlosigkeit des Rechtsextremismus und seine Gesellschaftsgefährlichkeit, dargestellt aus einer Innensicht, einem reflektierten Aktivitätsbericht, der zugleich Teil einer Chronik der Entwicklung des Rechtsextremismus nach dem Beitritt der DDR zur Bundesrepublik Deutschland ist.

Die Transformation der DDR in das heutige Ostdeutschland ist zugleich die Katalysation des gesamtdeutschen Rechtsextremismus, besonders in seiner jugendbewegten Variante. Wenn mancher 2004 überrascht war, dass in Sachsen die „National Demokratische Partei Deutschlands" (NPD) in den Landtag einziehen konnte, so wird er nach der Lektüre des

Buches erkennen, dass dies ohne Ausbreitung und Festigung neonazistischer Gruppen und ihrer Netzwerke, ihrer jugendkulturellen, regionalen, sehr häufig auch kriminellen Dynamik, wie sie von Menschen wie Nick Greger getragen wurde, nicht möglich war. Auch der Vorlauf aus der DDR war nicht unbedeutend, wie das in vielen Regionen Ostdeutschlands noch heute rekonstruierbar ist. Auf diesem bauten die Rechtsextremen auf. Michael Kühnen, der damals bedeutsamste Nationalsozialist, war 1989/1990 erstaunt und erfreut über so ein günstiges Feld für einen neuen Bedeutungsgewinn des Rechtsextremismus in einem neuen historischen Prozess.

Weitere sozioökonomische Verwerfungen nach der Wende: die sich langsam aufschaukelnde Ablehnung des westdeutschen Politik-, Verwaltungs- und Wirtschaftsbetriebes, der Menschen aus dem Arbeitsleben massenhaft entfernte und sehr viele an die Armutsgrenze und in die Rolle von Alimentierten zwingt, die erlebte Entwertung von Biografien, der Zusammenbruch der Illusion der „Brüder- und Schwestern-Volksgemeinschaft". Perspektivverluste verstärkten die Orientierung nach rechts Außen als Versuch eines neuen persönlichen und kollektiven Bedeutungsgewinns.

Die Teilnahme an der angeblich „Not wendenden historischen Mission von Rasse, Volk und Nation" gibt Rechtsextremen die Legitimation, die Wut zu politisieren, Aggression und Gewalt zu rechtfertigen, Demütigung und Ausgrenzung, Feindschaftlichkeit gegen die „Bringer der Not" als lebensgrundsätzlich zu rechtfertigen. Gesellschaftliche Verhältnisse und Konflikte werden in dieser Sicht ausschließlich ethnisiert, kollektiviert und personalisiert. Demokratie hier, Imperialismus da, die Juden, Ausländer, Verschwörer für eine „Neue Weltordnung", alles sind Kampfbegriffe gegen den Feind. Der Schlacht der Kategorien folgt die Gewalt gegen Menschen.

Nick Greger hat einen Perspektivwechsel erlebt, der sehr elementar war. Er hat sich als Mensch erlebt, der die Liebe entdeckt hat. Eine unbedingte Liebe, die ich aus seinem Buch erkenne. Wahrscheinlich ist das ein elementarer Vorgang, der vielen Menschen nicht widerfährt – die Art des Umgangs mit Respekt auch im Konflikt, der Neugierde, der geistigen Nähe, und als

Mann eine erotische Frau zu erfahren, die kein Untertan ist, sondern ein Wesen, mit dem ein Leben Sinn über alle Umstände hin macht, und Freunde, die eine neue Existenz gemeinsam ebenso tragen.

Dort ist der Ort des Neuen, nicht in deutschen Knästen oder in Gauzonen verwitterter Gewalt- und Waffennarren oder den trockenen Gebieten eines verhärmten deutschen Sozialismus.

Bernd Wagner
Berlin, September 2005

Bernd Wagner ist Geschäftsführer der **ZDK Gesellschaft Demokratische Kultur gGmbH** und Leiter der Initiative **EXIT-Deutschland**

Bis Ende 1991 Leiter Staatsschutz im **Gemeinsamen Landeskriminalamt der neuen Bundesländer** (GLKA)

Von 1992-1994 **Aktionsprogramm der Bundesregierung gegen Agression und Gewalt Jugendlicher in den Neuen Bundesländern** (AgAG) am **Institut für Sozialarbeit und Sozialpädagogik** (ISS) Frankfurt/Main

1994-2001 **Mobiles Beratungsteam Brandenburg** (MBT)

Seit 1997 Leiter des **Zentrum Demokratische Kultur** (ZDK)

1994 **Handbuch Rechtsextremismus**

1995 **Jugend-Gewalt-Szenen**

1997 **Rechtsextremismus und kulturelle Subversion**

2002 Herausgeber **Handbuch Rechtsradikalismus**

EXIT-Deutschland ist eine von Ex-Kriminaloberrat Bernd Wagner und Ex-Naziführer Ingo Hasselbach mit Hilfe der **Amadeu Antonio Stiftung** und der **Freudenberg Stiftung** gegründete Initiative, die seit Sommer 2000 für Aussteiger aus der rechtsradikalen Szene Hilfe zur Selbsthilfe bietet. Die Initiative wird durch die **stern**-Aktion **Mut gegen rechte Gewalt** unterstützt. **EXIT** hilft Aussteigenden, neue Perspektiven außerhalb der rechtsextremen Szene zu entwickeln. Dabei vermittelt **EXIT** Kontakte und gibt praktische Hilfen. **EXIT** geht auf Fragen von Sicherheit, Soziales und der persönlichen Aufarbeitung ein. **EXIT** sagt auch, was nicht möglich ist. **EXIT** bietet keine ökonomische und soziale Absicherung für ehemalige Rechtsextreme an und schützt nicht vor strafrechtlicher Verfolgung. Menschen, die von Rechtsextremismus betroffen sind wie Eltern und Menschen, die sich für demokratische, menschenrechtliche Werte engagieren wollen, können sich an **EXIT-Deutschland** wenden. **EXIT** sucht Helferinnen und Helfer in allen Bundesländern. **EXIT-Deutschland** analysiert rechtsextreme Bestrebungen, klärt über rechtsextreme, demokratiefeindliche Bestrebungen auf, stellt Möglichkeiten demokratischen Handelns dar, berät Projekte und Institutionen.